Miranda J. Fox

Zuckersüßes Chaos

Teil 2

Roman

1. Auflage 2014

Cover
Alexander Kopainski

Korrektorat
Claudia Buck

ISBN-13: **978-1499358186**
ISBN-10: **1499358180**

Website
http://www.mirandajfox.com/

Kapitel 1

»Ich kann nicht glauben, dass ich das wirklich mitmache«, murmelte ich kopfschüttelnd und starrte aus dem Fenster. Ein leises Lachen ging durch das Auto und Lynn drehte sich vom Beifahrersitz zu mir um.

»Letztes Jahr war ich der Neuling und es war schrecklich«, berichtete sie kichernd.

»Danke, jetzt fühle ich mich gleich viel besser«, gab ich höhnisch zurück.

»Dort haben wir uns übrigens kennengelernt«, fügte sie mit einem verliebten Blick auf ihren Freund hinzu und ohne auf mein Gesagtes einzugehen. Ich machte große Augen.

»Du hast Bryan beim *Dirty Talk* kennengelernt?«, fragte ich mit einem ungläubigen Blick auf meinen

Sitznachbarn. Wie schräg war das denn bitte?

»Ich hatte sie nach dem ersten Satz«, raunte er mir stolz zu und knuffte mich in die Seite.

»Aaaalles klar, mehr will ich gar nicht wissen«, winkte ich ab und rückte zur Verdeutlichung ein Stück von ihm weg. Leider konnte ich nicht mehr als einen Zentimeter herausschlagen, denn zu meiner anderen Seite saß Jason und dem wollte ich nur ungern auf die Pelle rücken.

»Wie jungfräulich unsere Claire doch ist, wir sollten lieber aufpassen, dass sie nicht schreiend davon rennt. Ich wette, sie hält sich keine drei Minuten«, bemerkte er grinsend. Daraufhin explodierte das Auto vor Lachern. *Du verdammter Arsch!*, dachte ich mir und verschränkte beleidigt die Arme vor der Brust.

War das etwa seine Art, mich für sich zu gewinnen? Nicht, dass ich das wollte, aber bei unserem letzten Gespräch, vor etwa einem Monat, hatte er gesagt, er würde mich von seinen aufrichtigen Gefühlen überzeugen wollen und mir beweisen, dass er der Richtige für mich ist. Und weil der letzte Monat aufgrund der Prüfungen mehr als stressig gewesen war, hatten wir uns nur selten gesehen. Heute war der erste Tag, an dem wir alle mal wieder etwas zusammen unternahmen, im Moment verfiel Jason aber wieder in alte Muster und neckte mich, wo er nur konnte. Andererseits, hatte ich mir nicht genau das gewünscht?

Dass er wieder der alte wurde? Ich konnte mich noch gut daran erinnern, wie ich auf dem feuchten und kalten Waldboden gekauert und mir den witzigen und frechen Jason zurückgewünscht hatte und nun beschwerte ich mich darüber.

Ich glaube, ich wusste selbst nicht genau, was ich wollte.

Zumindest, was Jasons Gemütslage betraf, denn beziehungstechnisch hatte ich mich eindeutig für Taylor entschieden – ich musste es ihm nur noch sagen.

»Ich hoffe sehr, dass du nicht Jason ziehst, er ist der Schlimmste«, rief Vicky, meine Cousine väterlicherseits und Eigentümerin meines Wohnsitzes über die Schulter und lenkte den geräumigen Wagen in eine schmale Gasse.

»Wirklich? Wäre mir nie in den Sinn gekommen«, gab ich spöttisch zurück und warf einen kurzen Seitenblick auf ihn. Wie üblich war Jason vollkommen schwarz gekleidet und seine dunklen Haare harmonierten ganz wunderbar mit den gleichfarbigen Augenbrauen.

Seine Augen, die ebenso dunkel wirkten wie die Nacht, musterten mich nun frech. Ich verzog das Gesicht und er zwinkerte mir breit grinsend zu, dann sah er aus dem Fenster – das Lächeln blieb jedoch.

Ich wandte mich ebenfalls ab und konnte nur hoffen, dass ich ihn tatsächlich nicht aus dem Lostopf zog, denn mit niemandem wollte ich weniger *Dirty Talk* halten als mit Jason.

Und überhaupt, wer hatte sich dieses blöde Motto überhaupt ausgedacht? *Dirty Talk*, so ein Schwachsinn! Als ob ich nichts Besseres zu tun hatte, als mich einen ganzen Abend lang von irgendwelchen Typen hypothetisch um den Verstand vögeln zu lassen! Gut, ich hatte wirklich nichts vorgehabt, aber alles kam mir sinnvoller vor, als das hier. Lieber hätte ich eine unbezahlte Spätschicht geschoben oder eine weitere Hausarbeit geschrieben.

Und dann war da noch mein schlampiges Outfit, das mir Vicky aufgehalst hatte.

Ich trug halsbrecherische Overknees, die in ein grässlich leuchtendendes Rot getunkt waren, einen Minirock, der es mir unmöglich machte, mich zu bücken, ohne unerwünschte Gefilde aufzudecken und ein Spaghetti-Top, das so tief ausgeschnitten war, dass man es auch einfach in der Mitte hätten offen lassen können.

Wirklich, es hätte keinen Unterschied gemacht! Dann hatte es sich Vicky natürlich nicht nehmen lassen, meine Brüste zu puschen und mir Unmengen Makeup ins Gesicht zu schmieren. Die Krönung des Ganzen war dann aber die -

und es gab wirklich kein anderes Wort dafür - Nuttentasche, die um meine Schulter baumelte.

Ein lilafarbener Beutel, bestickt mit glitzernden Pailletten – ich wäre am liebsten im Erdboden versunken. Das Einzige, das mich ermutigte, hierzubleiben, waren die anderen Gäste, die noch viel unmöglicher gekleidet waren als ich. Das Motto: Je nuttiger, desto besser wurde hier definitiv zu ernst genommen.

Fraglich war, warum der Dresscode aber wieder nur für die Damen bestimmt war, während Männer wie Jason in ihrer üblichen Aufmachung erscheinen durften? Ihm hätte ein Minirock sicher gut gestanden und ich wollte ja auch keine Spielverderberin sein.

Ich verstand ja, dass sich alle über die bestandenen Prüfungen und den Sommeranfang freuten, aber hätte man den nicht auch gemütlich bei einem Grillabend bejubeln können?

***

Nachdem Vicky den Geländewagen geparkt hatte, musste mir Jason aufgrund des unebenen Bodens aus dem Wagen helfen. Kiesiger Untergrund machte sich nämlich nicht besonders gut mit Pfennigabsätzen und da ich nicht so geübt in solchen Schuhen war wie Vicky, musste ich Jason gezwungenermaßen um Hilfe bitten.

»Na, aber gerne doch«, sagte er lächelnd und reichte mir die Hand. Ich schauderte bei der Berührung seiner warmen Haut, schob die Reaktion aber auf das kühle Wetter. So knapp bekleidet wie ich war und fror, war es kein Wunder, dass mein Körper jede Wärmequelle willkommen hieß – auch wenn sie von einem frechen Lustmolch namens Jason ausging! Ich enthielt mich eines Kommentars, ließ mich ans sichere gepflasterte Ufer bringen und machte mich dann sofort von ihm los.

»Es ist nicht weit«, verkündete Vicky, die wohl an meinem Gesichtsausdruck gesehen hatte, dass ich meine Absatzschuhe am liebsten in die nächste Mülltonne geworfen hätte. Es war nicht so, dass ich nicht darin laufen konnte, aber diese hier waren mit ihren 15 Zentimetern nun wirklich zu hoch.

Drei Ecken weiter waren wir dann endlich am Ziel. Die Schlange war zum Glück nicht lang, weil an einem Mottoabend nur angekündigte Gäste eingelassen wurden. Ich seufzte trotzdem, als wir uns in die kurze Reihe stellten und hoffte, dass der Abend schnell zu Ende gehen würde.

»Da seid ihr ja«, rief Zac, Bryans bester Freund vom Kopf der Schlange her und winkte uns zu sich nach vorn. Er, ein Kumpel und zwei Freundinnen, die ich nicht kannte, waren in einem anderen Auto vorgefahren und hatten sich bereits in die Reihe gestellt.

Wir gesellten uns zu ihnen, begrüßten sie und legten den Türstehern unsere Ausweise vor, dann traten wir ein. Anders als in einem Club üblich, wurden wir jedoch nicht von wummernder Musik empfangen, was zur Abwechslung sehr angenehm war. Es schien auch eher eine Bar zu sein, denn in dem großflächigen Raum waren viele Sitzgelegenheiten wie Stühle, Barhocker und Lounge-Sessel verteilt und die gedämpfte Atmosphäre wurde von mittellauter Musik begleitet. Es waren schon einige Gäste anwesend, von denen der Großteil auf den Sitzen zerstreut war. Eine kleine Menge hatte sich bereits auf der Tanzfläche versammelt und wiederum andere hockten vor der Bar herum.

»Wann geht's eigentlich los?«, fragte ich an Bryan gewandt, der hinter mir eingetreten war und mich in die linke Ecke an einen Tisch führte.

Dieser war eigens für uns reserviert und ein Begrüßungskärtchen mit der Aufschrift *Team Jacob* empfing uns. *Oh Mann*, dachte ich kopfschüttelnd. Er war wirklich ein Twilight-Fan!

»Der *Dirty Talk* selbst geht nur fünf Minuten und beginnt erst später. Für gewöhnlich geht man vorher tanzen oder trinkt sich Mut an«, antwortete er augenzwinkernd und stellte das Kärtchen weg. Die anderen, die hinter uns eintraten, machten es sich in der Sitzecke bequem. »Mut antrinken?«, echote ich.

»Na klar, was glaubst du, woher die Männer ihr Selbstvertrauen nehmen?«, fragte er grinsend. Ich warf einen Blick auf Lynn und Vicky, die sich schlapp lachten und murmelte:

»Wie armselig.« Ich würde mich sicher nicht zulaufen lassen, um meine Hemmungen zu verlieren. Andererseits fiel die Bürde diesen Abend ja sowieso nur auf die Männer, denn diese mussten den *Dirty Talk* ja halten, während die Damen nur dasitzen und sich berieseln lassen mussten. Stacy hatte mir erklärt, dass es eine Art Wettbewerb unter den Männern war.

Wer sein Date als erster auf die Palme brachte und zum Abbrechen bewegte, hatte gewonnen und war damit der *Dirty*

Talk-König. Es winkten immerhin zweihundert Mäuse, was den Eifer in so manch einem Blick erklären könnte.

»Also ich muss mir keinen Mut antrinken«, bemerkte Jason und glitt neben mich auf den Sessel.

»Das glaube ich dir aufs Wort«, gab ich zurück, woraufhin die anderen lachten. Jason schenkte mir einen frechen Seitenblick, doch ich meinte es ernst. Würde mich wirklich nicht wundern, wenn seine Wohnung voller *Dirty Talk*-Trophäen gewesen wäre! Er wohnte immer noch bei uns, jedoch nicht mehr lange, da sich die Renovierungsarbeiten langsam dem Ende näherten. Er würde noch etwa drei Wochen bleiben, vielleicht auch weniger und dann würde ich endlich meine Ruhe haben.

Jason hatte uns noch immer nicht verraten, wo er wohnte, was ich gelinde gesagt abgedreht fand. Ich meine, was hatte er denn zu verstecken und nun; wo er durch den Brand all seine Wertsachen verloren hatte, warum durfte dann immer noch niemand zu ihm? Das war doch nicht normal. Doch sooft ich Jason auch darauf ansprach, er ließ immer dieselbe Antwort hören:

»Ich habe meine Gründe.« Dass er so wenig Vertrauen in uns hatte, machte mich traurig, aber auch wütend. Er musste es ja nicht unbedingt *mir* verraten, aber Vicky war immerhin seine beste Freundin! Er besaß sogar einen Zweitschlüssel ihres Hauses, hatte sie ihm damit nicht genug Vertrauen entgegengebracht, um es zu erwidern?

»… einen trinken. Kommst du mit, Claire?«, riss mich Vicky aus meinen Gedanken.

»Danke, ich bleibe heute Abend lieber nüchtern«, antwortete ich und winkte sie weg.

»Langweilerin«, murmelte sie an Lynn gewandt und machte sich mit ihr zur Bar auf. Zu meinem Bedauern folgten aber auch alle anderen, so dass ich mit Jason alleine zurückblieb. Ich wappnete mich innerlich für eine freche Bemerkung, die er sicher jeden Augenblick abgeben würde, doch er sagte etwas ganz anderes.

»Die High Heels stehen dir, du solltest sie öfters tragen.« Ich warf ihm einen misstrauischen Seitenblick zu. Im Ernst? Jetzt machte er mir Komplimente?

»Gute Idee. Am besten trage ich sie in der Uni«, gab ich trocken zurück, woraufhin er sich zu mir drehte.

»Warum so giftig, mein kleiner Giftzwerg?«, fragte er und das in so neutralem Ton, dass ich nicht sagen konnte, ob er die Frage ernst meinte oder mich nur aufziehen wollte? Ach zum Teufel mit ihm und dieser blöden Mottoparty! Eigentlich hatte ich gar nicht hier sein wollen und noch eigentlicher war der heutige Abend nur meine zweite Wahl gewesen.

Ich hatte mich ursprünglich mit Taylor verabredet, um ihn davon zu überzeugen, dass ich mich für ihn entschieden hatte, doch diesem war, wieder einmal, ein Footballspiel dazwischen gekommen. Und hier saß ich nun mit Jason an der Backe und in dieser unangenehmen Situation. Ich meine, war es ihm denn nicht peinlich?

Vor einem Monat hatte er mir seine Gefühle gestanden, wenn diese überhaupt echt waren und ich hatte ihn abblitzen lassen und jetzt machte er mir Komplimente? Warum gab er nicht einfach auf?

Jason hatte weiß Gott genug Anhängerinnen, die nur darauf warteten, das Bett mit ihm zu teilen und er interessierte sich ausgerechnet für mich? Nein, das nahm ich ihm nicht ab und das war auch der Grund, warum ich mich niemals auf ihn einlassen würde – egal, wie sehr mein Körper nach ihm verlangte. Ich traute seinen Absichten einfach nicht über den Weg – kein bisschen!

»Das war ein Kompliment, Claire«, sagte er augenrollend.

»Ich will aber keine Komplimente von dir«, gab ich giftig zurück und wäre am liebsten aufgesprungen und den anderen zur Bar gefolgt. Doch meine Schuhe waren extrem unbequem und ich wollte an diesem Abend so wenig wie möglich damit laufen. Zu meiner Überraschung verzichtete er auf eine Antwort, doch ich war nicht so naiv anzunehmen, dass die Sache damit gegessen wäre. Sicher heckte er schon die nächste Gemeinheit gegen mich aus – und leider sollte ich recht behalten.

»Was ist denn hier los? Man kann ja förmlich die Gewitterwolken über euch schweben sehen?«, fragte Lynn, als sie sich wieder zu uns setzten. Bryan, Zac und die zwei Mädels hatten sich inzwischen auf der Tanzfläche eingefunden und stellten ihre äh … Tanzkünste zur Schau.

»Ich habe ihr nur ein Kompliment gemacht«, erklärte Jason unschuldig und nippte an der Cola, die Vicky ihm mitgebracht hatte. Mir reichte sie eine Fanta.

»Verstehe«, sagte sie schmunzelnd und zog ihn am Ärmel hoch. »Begleitest du mich mal kurz?« Er sah genauso überrascht auf wie ich, erhob sich aber kommentarlos und folgte ihr. Neugierig nippte ich an meiner Fanta und fragte mich, was Vicky damit bezweckte? Wollte sie ihren besten Freund anfahren, weil er mich geärgert hatte? Das war ja wie im Kindergarten!

»Kannst du nicht wenigstens versuchen, netter zu ihm zu sein?«, fragte Lynn und sah den beiden ebenfalls nach. Ich glaubte, mich verhört zu haben und sah sie ungläubig an.

»Muss ich dich daran erinnern, dass er mir mein Date mit Taylor vermiest und ihn dazu gebracht hat, mich abzuweisen?« Lynn machte ein geplagtes Gesicht.

»Ich weiß und das war definitiv nicht in Ordnung, aber mal ganz ehrlich. Wann spielt *Mann* schon fair, wenn es um die Liebe geht?«

Ich wollte erwidern, dass Jason ganz bestimmt nicht in mich verliebt war und es ihm wahrscheinlich nur darum ging, mich rumzukriegen, doch sie ließ mich nicht zu Wort kommen.

»Ich kann dich verstehen, immerhin hat er mit unfairen Mitteln gekämpft, aber ich glaube, dass er es ernst meint. Und wenn es wirklich wahr ist, muss das grausam für ihn sein, dass du ihm nicht traust und ständig mit spitzen Bemerkungen abweist.« Ich atmete tief durch und sagte ruhig.

»Du kennst Jason länger als ich und du kennst seinen Ruf. Wie kannst du auch nur in Betracht ziehen, dass seine Gefühle echt sind?«

»Genau deshalb, weil ich ihn schon so lange kenne. Jeder aus unserem Freundeskreis sieht, wie er sich verändert und alle sind sich einig, nur du erkennst es nicht.« Ich verschränkte die Arme vor der Brust und sah zum Innenhof rüber, wo Vicky und Jason verschwunden waren. Unfassbar. Jetzt wurde ich auch noch als die böse Hexe dargestellt?

Ich war doch hier das Opfer. Merkte das denn niemand?

»Schön, dass ihr alle auf Jasons Seite seid und ich die Rolle der gefühlskalten Cousine übernehmen darf.« Ich konnte nicht verhindert, dass meine Stimme vor

Wut bebte, doch Lynn hob verteidigend die Hände.

»Natürlich nicht. Niemand ist auf Jasons Seite und ich kann mich auch vollkommen irren, aber für den klitzekleinen unwahrscheinlichen Fall, dass Jason doch keine Show abzieht, solltest du vielleicht freundlicher sein. Uns allen gegenüber zeigte er gerne seine kühle und lockere Seite, aber niemand weiß, wie es wirklich in ihm aussieht – nicht einmal Vicky. Was, wenn ihn deine Worte mehr verletzen, als er zugibt?«

Sie wollte noch mehr sagen, doch da kamen Jason und Vicky zurück.

»Denk mal drüber nach«, raunte sie mir zu und gesellte sich dann zu Bryan auf die Tanzfläche. Ich starrte ihr hinterher, bis sie Bryan erreicht hatte, dann versuchte ich Vickys Blick einzufangen, als sie sich setzte, doch offenbar hatte Jason irgendetwas Lustiges gesagt, denn beide sahen sich kichernd an.

Also nutzte ich den Moment, um Jason zu mustern und konnte nicht umhin, Lynns

Worte zu verinnerlichen. Sie hatte recht. Ich begegnete Jason stets kühl, aber doch nur, weil er genauso zu mir war. Seit ich ihn kannte, stichelte und provozierte er mich, wo es nur ging und meine natürliche Reaktion war, ihn anzugiften und ebenfalls bloßzustellen.

Es war meine Abwehrreaktion, mein Schutz vor Jason, um zu verhindern, dass er meine Gefühle verletzte. So ging es zu, seit wir uns kannten und es hatte nur wenige Situationen gegeben, in denen Jason eine andere Seite durchsickern lassen hat.

Als er sich beim Billardpielen schützend vor mich gestellt hatte zum Beispiel und beinahe eine Schlägerei ausgebrochen war, da hatte ich zum ersten Mal gesehen, dass er nicht nur grob und eingebildet, sondern auch beschützend war oder als er mich vollkommen durchnässt aus dem Wald geholt und nach Hause gefahren hatte.

Er hätte das nicht tun müssen, er hätte Vicky oder Taylor Bescheid geben können oder einfach auflegen, so wie er es üblich tat, doch er war sofort aufgebrochen und hatte mich geholt. Tat man so etwas, wenn der andere einem gleichgültig war? In diesen wenigen Situationen hatte er seinen sorgfältig polierten Panzer abgelegt, so dass ich einen Blick hinter seine Fassade hatte werfen können, doch was davon war echt? Konnte ich seinen Ruf und seine Taten einfach unbeachtet lassen?

Vielleicht hatte Lynn Recht und er empfand wirklich etwas für mich, vielleicht irrten sie und meine Freunde aber auch und er spielte nur mit mir. Zum Teufel nochmal, ich wusste es nicht und es gab auch keine Möglichkeit, die Wahrheit herauszufinden - zumindest fiel mir keine ein. Andererseits spielte das aber auch gar keine Rolle mehr, denn ich hatte mich bereits für Taylor entschieden.

Ein Mann, der kaum Zeit für dich hat und für sein Football lebt, wisperte eine teuflische Stimme in meinem Kopf. *Schon, aber man kann ihn doch wohl kaum wegen seiner Liebe zum Sport verurteilen und außerdem ist die Spielsaison bald vorbei*, antworte der Engel in mir. Nur was dachte *ich*? War ich nun mehr Teufelchen oder Engelchen oder etwas von beidem? Ich wusste es nicht und auch wenn es mich nichts mehr anging und ich mich ab sofort nur noch auf Taylor konzentrieren würde, wollte ich doch wissen, was meine Cousine mit Jason besprochen hatte.

»Kommst du mit auf die Toilette?«, fragte ich und stand auf, doch zu meiner Überraschung schüttelte sie den Kopf. *Du kleines Miststück!*, dachte ich mir und funkelte sie auffordernd an. Das tat sie mit Absicht! Sie wusste ganz genau, was ich von ihr wollte. Ich warf ihr einen letzten Qualen verheißenden Blick zu und machte mich dann alleine auf den Weg. Dieses kleine Biest! Aber ich würde die Antwort schon aus ihr herausquetschen und wie ich mein Cousinchen kannte, würde das nicht lange dauern.

Ich war geduldig und musste nur warten, bis sie den ein oder anderen Drink hinter gekippt hatte und schon würde sie plappern. Als ich wieder aus dem Bad kam, erklang ein lauter Gong und die Gäste wurden auf die Tanzfläche gebeten. Ich gesellte mich zu meinen Leuten und während wir und die übrigen Besucher in die Mitte drängelten, wurden die Stühle und Tische ringsherum von Mitarbeitern verschoben, so dass sich jeweils zwei Personen darauf gegenüber sitzen konnten. Es ging los!

***

Während wir darauf warteten, dass unsere Namen und der unseres Gesprächspartners aufgerufen wurden, ließ ich meinen Blick durch die Menge schweifen. Es waren durchaus ein paar interessante männliche Exemplare dabei und wenn ich gekonnt hätte, hätte ich mir selbst einen ausgesucht.

Mit einem Fremden so schweinische Sachen reden zu müssen, war mir dann aber doch unangenehm. Gott, warum hätten wir nicht einfach zu einem Speed-Dating gehen können?

Meine Augen blieben unwillkürlich an Jason hängen, der mich mit einem schelmischen Grinsen musterte. Ich runzelte die Stirn und heftete meinen Blick wieder auf den Sprecher. Was war denn mit dem los? Warum grinste er denn so blöd? Ich riskierte einen weiteren Blick und schaute zu Vicky, die aussah, als müsste sie sich das Lachen verkneifen. Moment! Gackerten die beiden etwa über mich?

»Claire Daniels und ... Jason Westwood«, rief der Sprecher das dritte Pärchen auf. Lautes Johlen und Applaus ging durch unsere Gruppe, ich dagegen erstarrte. *Das ist nicht wahr. Bitte lass es nicht wahr sein*, dachte ich versteinert. Ich sah, wie Vicky Jason in die Seite knuffte und blickte schockiert zu ihr rüber.

»Kommst du?«, fragte Jason daraufhin und zog mich zu unserem Tisch. Im Vorbeigehen raunte ich Vicky zu:

»Sag mir, dass du das nicht eingefädelt hast!« Sie schüttelte unschuldig den Kopf, doch ich glaubte ihr kein Wort. Wir waren über einhundert Gäste. Wie hoch war wohl die Wahrscheinlichkeit, dass ausgerechnet Jason und ich gezogen wurden? Ob sie das vorhin getan hatten, als sie weg waren? Es irgendwie geschafft, unsere Namen zusammenzutun? Ich konnte nicht glauben, dass Vicky mir das antun konnte.

Ich wusste ja, dass sie mich gerne mal ärgerte, aber so eine Schandtat hätte ich ihr wirklich nicht zugetraut. Oder war sie etwa auch auf Jasons Seite und das nun meine Strafe, weil ich ihm gegenüber so kaltschnäuzig gewesen war?

Jason schob mir, ganz Gentlemen, den Stuhl vor, so dass ich mich setzen konnte, doch ich starrte den Sitz an, als wüsste ich nichts damit anzufangen. Ich stand glaube ich unter Schock, dann sah ich zu Jason auf, der mit amüsiertem Blick auf seinen Stuhl glitt.

Dabei sahen seine Bewegungen geschmeidig und raubtierhaft aus. *Ein perfekter Jäger, der seine Beute in der Falle hat,* dachte ich zunehmend nervöser. Als ich Jason noch einmal musterte, sah ich, dass er sein Lächeln zu verbergen versuchte, doch seine glitzernden Augen verrieten ihn.

Alles lief offenbar nach seinem Plan! Nein, das war kein Zufall, da war ich mir jetzt sicher. Ich warf einen Blick über die Schulter und sah, dass Vicky und die anderen bereits ihren Partnern zugeteilt waren und auf den Gong warteten, der das schmutzige Gerede eröffnen würde.

Ich drehte mich wieder zu Jason und atmete tief durch.

Gott, ich wollte das nicht. Ich hätte mich an jeden anderen Ort gewünscht, als hier mit Jason zu sitzen. Man mochte jetzt vielleicht denken, dass es ja nur fünf Minuten waren, aber so wie ich Jason kannte und seinem provozierenden Blick nach zu urteilen, hielt er einige schweinische Dinge für mich parat. Bei

Gott, das würden die längsten Minuten meines Lebens werden, soviel stand fest!

Nach einer gefühlten Ewigkeit ließ ich mich langsam auf den Stuhl gleiten und wünschte, ich würde mehr Textil am Körper tragen.

So lieferte ich ihm jedenfalls genug Munition für schmutzige Gedanken und ich wusste nicht, ob ich Jasons Feuerkraft gewappnet war. Okay, das klang jetzt irgendwie versaut! Ich schüttelte meine Gedanken ab und sah ihm in die Augen. *Bringen wir es hinter uns*, dachte ich, dann ertönte der Gong.

Kapitel 2

»Ich muss sagen, Claire, du siehst zum Anbeißen aus. Ich wette, deine Brustwarzen sind genauso rosig wie deine Wangen.« Ich war so schockiert, dass ich mich an meiner eigenen Spucke verschluckte und musste qualvoll husten, so dass mir Tränen in die Augen stiegen. Daraufhin lachte sich Jason kaputt.

»Im Ernst? Ich hab mich noch nicht mal warm geredet«, spottete er mit glitzernden Augen. Ich räusperte mich und war froh, dass mir Vicky so viel Makeup ins Gesicht geschmiert hatte, denn das ganze Rouge verhinderte, dass Jason die Röte bemerkte, die mir bei seinen Worten in die Wangen schossen.

Ich wurde aber nicht nur wegen seiner Worte rot, sondern vor Wut darüber, dass sie mich so sehr schockierten.

Ich war weiß Gott keine Unschuld mehr und ich hatte gewusst, worauf ich mich einließ. Verdammt, mir war doch klar gewesen, dass wir beim *Dirty Talk* nicht über das Wetter sprachen, warum war ich dann so erschüttert? Lag es an Jason oder war ich wirklich so prüde, wie Vicky mir immer unterstellte?

»Bild dir bloß nichts ein, ich war nur nicht darauf vorbereitet«, gab ich zurück und rutschte auf dem Stuhl umher, bis ich bequem saß. Meine Worte waren natürlich vollkommener Blödsinn, immerhin ging es bei dieser Motto-Party ja um schweinisches Gerede. Ich hatte nur nicht damit gerechnet, dass er gleich losfeuerte. Egal, jetzt war ich gefasst auf ihn, komme was wolle.

Mich wirst du nicht durchnehmen!, dachte ich mit zusammengekniffenen Augen. Sein träges Lächeln ließ mich allerdings wissen, dass er mir kein Wort glaubte.

»Also … dann werde ich dir mal erzählen, was ich mit dir machen werde, wenn wir alleine sind.« Ich runzelte die

Stirn. Machen werde? Sicher hatte er sich versprochen und meinte *machen würde*, oder? Denn natürlich würde alles, was er sagte, nur rein hypothetisch geschehen. Seinem Blick nach zu urteilen, hatte er die Worte jedoch absichtlich gewählt, um mich zu verunsichern und ja, als er diesmal sprach, stellte ich mir genau das bildlich vor.

»Zuerst werde ich dir dein hautenges Top abstreifen und deine prallen Brüste betrachten, dann werde ich deinen BH aufkappen und an deinen Nippeln saugen, bis sie dunkel werden.« Ich schluckte schwer, als mir die entsprechenden Bilder durch den Kopf schossen. Was tat ich hier überhaupt?

Das hatte weder etwas mit Spaß noch mit Humor zu tun. Ich sollte nicht hier sein!

»Was denn, gibst du schon auf?«, fragte er mit einem frechen Grinsen. Er musste mir meine Zweifel angesehen haben, doch anstatt aufzustehen, sah ich ihn nur böse an und gab mich gelangweilt. Lieber würde ich sterben, als dass ich vor Jason einknickte.

»Dein perverses Gerede beeindruckt mich gar nicht. Noch vier Minuten«, sagte ich und schaute gelangweilt auf die Uhr. Gleichzeitig wünschte ich, die Zeit würde nur endlich verstreichen. Seine Augen blitzten gefährlich auf und er schenkte mir ein herausforderndes Lächeln, dann zuckte er in einer *du-hast-es-so-gewollt-* Geste die Schultern.

»Mit Vergnügen. Während ich deine harten Nippel liebkose, wandern meine Hände zu deinem Slip und streifen ihn langsam ab.« Mein linkes Auge zuckte vor Anspannung.

»Meine Hand wandert langsam hinab und massiert die weiche Stelle zwischen deinen Schenkeln.« Mein Blick schwankte, ich konnte es einfach nicht ertragen, ihm länger in die Augen zu sehen.

Es war, als würde sich das Gesagte in seinen Augen widerspiegeln. Als stelle er sich eben genau das vor! Ich dachte schon, schlimmer kann es nicht mehr werden, doch Jason war noch nicht fertig mit mir.

»Und dann, liebste Claire, werde ich dich mit der Zunge verwöhnen und …«

»Das reicht!«, rief ich und sprang so hektisch auf, dass der Stuhl nach hinten kippte. Kurz wurde es im Saal still, dann begannen die Umstehenden und Sitzenden zu klatschen und zu pfeifen – sie hatten ihren Gewinner!

Schockiert von Jasons Worten, drehte ich mich auf dem Absatz um und versuchte ein Lächeln aufzusetzen. Tatsächlich wäre ich am liebsten im Erdboden versunken und oh Gott, mein Körper hat definitiv auf Jasons Gerede reagiert!

»Ich wusste, dass du beim Oralverkehr ausrastest«, rief er mir lachend hinterher, doch ich drehte mich nicht zu ihm um, sondern steuerte schnurstracks die Bar an.

Ein Drink.

Ich brauchte sofort einen Drink!

***

Kaum hatte ich einen bestellt, gesellten sich auch schon Vicky und Lynn zu mir.

»Keine Sorge, so erging es mir letztes Jahr auch«, versuchte mich Lynn zu trösten, doch ich lachte nur bitter, denn das Schlimme war, dass ich nie so heftig darauf reagiert hätte, wenn die Worte von jemand anderem als Jason gekommen wären.

Allein die Vorstellung, wir könnten so … nein, ich durfte den Gedanken nicht zulassen. Ich exte mein Manhattan in wenigen Zügen und bestellte sofort einen neuen, dabei prügelte ich geistig ununterbrochen auf meinen Dickschädel ein.

Wie hatte ich nur so blöd sein können und mich der Sache nüchtern stellen wollen und auf die wohltuende Gleichgültigkeit des Alkohols verzichten können? Vicky hatte mich gewarnt, aber starrköpfig wie ich war, hatte ich natürlich abgelehnt. Ich hatte ihm, nein mir, beweisen wollen, dass seine Worte keinerlei Wirkung auf mich hatten. Ich war eine Närrin und dank meiner Reaktion wusste das nun jeder Einzelne in diesem Raum – er ganz besonders! Gott, was er nun von mir denken mochte? Dass ich eine alte Jungfer war, die bei der kleinsten Andeutung rot anlief oder schlimmer noch, dass ich mehr für ihn empfand, als ich zugeben wollte?

»Oookay, das reicht jetzt«, sagte Vicky zehn Minuten und drei Drinks später.

»Wir alle wissen, dass du keinen Alkohol verträgst und wenn du so weitermachst, muss dich Jason nach Hause fahren. Willst du das?«, fragte sie in einem Ton, als wäre ich ein Kleinkind. Ich schüttelte hektisch den Kopf und stellte das Glas viel zu schnell ab.

Jason war der Einzige, der noch nüchtern war, damit er uns heil nach Hause bringen konnte und wie ich Vicky und ihre partysüchtigen Freunde kannte, würden sie mich wohl kaum um diese Uhrzeit begleiten. Es würde dann also an Jason sein, mich heimzubringen und ich wusste noch allzu genau, wie das beim letzten Mal ausgegangen war.

»Lieber würde ich mich in der Toilette erhängen«, nuschelte ich. Vicky nickte wissend und führte sich das Glas an den Mund, um den Inhalt selbst zu trinken.

»So ist‘s brav und jetzt solltest du etwas Wasser trinken, du bist schon ganz bleich«, sagte sie mit einem musternden Seitenblick.

»Ja, aber nicht wegen des Alkohols«, antwortete ich und spürte, wie meine Zunge schwer wurde und meine Wangen zu glühen begannen.

Ein eindeutiges Zeichen, dass ich zu tief ins Glas geschaut hatte. Trotzdem war ich froh darüber, denn je heißer meine Wangen, desto gleichgültiger wurde ich.

Kurz fragte ich mich, wann ich mich in die weibliche Form von Charlie Sheen verwandelt hatte, denn all meine Gefühle trank ich neuerdings weg.

Doch dann war es mir wieder egal und ich war einfach nur froh, dass das

Schamgefühl nachließ. Ein Hoch auf den Alkohol.

***

»Und? Bist du wieder runtergekommen?«, fragte Jason und hielt mir die Beifahrertür auf. Kurz warf ich einen bösen Blick zu Vicky und Lynn, die bereits auf der Rückbank Platz genommen hatten und mich somit zwangen, vorne bei Jason zu sitzen, dann sah ich zu ihm.

Ich hatte es den restlichen Abend vermieden, ihn anzusehen, doch als er mir nun die Hand hinhielt, um mir in den Wagen zu helfen, musste ich ihn anschauen – alles andere wäre mehr als unhöflich gewesen.

»Witzig wie eh und je«, murmelte ich, weil mir nichts anderes einfallen wollte und ich ergriff seine Hand. Ich wäre ja auch alleine eingestiegen, aber die Drinks waren mir leider etwas zu Kopf gestiegen und seitdem wankte der Boden so eigenartig.

Traurig nur, dass es nicht an meinen Overknees lag, denn die hatte ich im Rausch der Gleichgültigkeit irgendwann einfach ausgezogen.

Nein, der Boden wankte einzig und allein, weil ich mich sinnlos betrunken hatte. Aber wie war es mir auch zu verübeln? Ich war heute fünf Minuten lang durch die Hölle gegangen, da durfte ich mich doch wenigstens betäuben!

Nachdem wir Lynn und Bryan nach Hause gebracht hatten, wovon ich nichts mitbekam, weil ich die Fahrt über mit schlafen beschäftigt war, ging es endlich nach Hause und in mein kuscheliges Bett.

Kapitel 3

Am nächsten Morgen traute ich mich kaum aufzustehen und wäre am liebsten den ganzen Tag im Bett geblieben, doch meine Blase und mein knurrender Magen scheuchten mich irgendwann aus dem Zimmer und so war es unausweichlich, dass ich irgendwann Vicky und Jason über den Weg lief.

Obwohl ich am längsten geschlafen hatte - ich weiß nicht, wie Vicky es immer wieder schaffte, als letzte ins Bett zu gehen und am nächsten Morgen als erstes aufzustehen? – warteten sie mit dem Frühstück auf mich. Ich hätte diese Geste ritterlich gefunden, hätte ich nicht ganz genau gewusst, weswegen sie es taten, denn natürlich diente dieses gemeinsame Frühstück allein dazu, über mich herzuziehen.

Die beiden versuchten es zu verbergen, als ob ich ihre dümmlichen Seitenblicke und das stumme Gekicher nicht bemerken würde, aber natürlich ohne Erfolg.

»Seid ihr bald fertig?«, fragte ich irgendwann und sah sie böse an.

»Was meinst du?«, fragte Vicky unschuldig, während Jason zeitgleich »Noch lange nicht«, sagte. Na wenigstens war er ehrlich! Man musste ihm aber auch zugutehalten, dass er mich den restlichen Tag nicht mehr darauf ansprach, auch wenn sein dämliches Grinsen natürlich Bände sprach.

Aber die Blicke konnte ich wenigstens ignorieren, das wäre mir deutlich schwerer gefallen, wenn er mich verbal damit aufgezogen hätte. Vielleicht hatte er aber auch bloß Angst, dass ich ihn im Schlaf erdrosselte, wenn er mich zum Äußersten trieb – der Gedanke war mir durchaus schon gekommen – oder er war tatsächlich in der Lage, so etwas wie Mitgefühl zu empfinden.

Man weiß es nicht. Die Lage spitzte sich noch einmal zu, als am Montag die Uni wieder losging, denn so klein wie unsere

Stadt war, waren natürlich auch einige Studenten beim *Dirty Talk* gewesen und indem ich aufgesprungen war, hatte ich dem klatschsüchtigen Campus natürlich eine wunderbare Schwatzvorlage geliefert.

Und so musste ich nervige Blicke, nerviges Gekicher und noch nervigere Kommentare über mich ergehen lassen. Ob ich mich denn gerne blickficken ließ?, fragte Steve aus meinem Kurs.

Hä? Wenn seine Noten genauso schlecht waren wie seine Witze, konnte er das Studium gleich hinschmeißen.

Doch die Kommentare waren nicht das einzige Ergebnis des Abends, denn natürlich waren die Einzelheiten auch zu Taylor durchgedrungen und das gefiel mir überhaupt nicht. Doch verständnisvoll wie er war, hatte er meine Schilderung der Ereignisse gefasst, ja schon fast belustigt aufgenommen.

Gab es überhaupt etwas, das ihn aus der Ruhe bringen konnte?

Als mich Taylor wie so viele Male zuvor mal wieder nach Hause brachte, wünschte ich mir einmal mehr, Jason würde nicht mehr bei uns wohnen. Denn Taylors Bedingung für ein Näherkommen war, dass Jason auszog und solange er das nicht tat, musste ich mich mit harmlosen Treffen und Nachmittagsspaziergängen begnügen.

Aber ich konnte Taylor verstehen. Er sah Jason, auch wenn ich es ihm schon oft auszureden versucht hatte, als ernsthaften Konkurrenten an und diesen rund um die Uhr an meiner Backe zu haben, trübte seiner Meinung nach wohl mein Urteilsvermögen. Und er hatte ja recht, denn allein schon Jasons ständige Fragen, wie denn mein Tag mit Taylor gewesen sei, nervten mich gewaltig.

Ich brauchte einen freien Kopf, um mich voll und ganz auf Taylor konzentrieren zu können und das funktionierte nun einmal nicht, wenn Jason ständig um mich herumschwänzelte.

Denn dadurch, dass wir zusammen wohnten, verbrachten wir gezwungenermaßen sehr viel Zeit miteinander und das beeinflusste mich natürlich. Ich konnte also nichts dagegen tun, dass Jason ständig in meinen Gedanken herumgeisterte – nicht, so lange er nur ein Zimmer weiter wohnte!

***

Nach einer weiteren Woche hatten sich die Gemüter beruhigt und das Interesse an meiner Person und dem *Dirty Talk*-Geschehen war abgeflacht, so dass ich mich wieder voll und ganz auf die Schule konzentrieren konnte und vor allem mich nicht mehr unwohl fühlen musste, wenn ich den Campus betrat.

Ich ging nun auch zwei Mal die Woche in den Uni-Fitnessraum und übte mich im Boxen, wobei mir ein netter Student namens Harry behilflich war, der selbst jahrelang Boxunterricht gegeben hatte, diesen Nebenberuf aber für das Studium aufgeben musste. So hatten wir beide etwas davon:

Er eine Schülerin, der er sein Wissen weitergeben konnte und nicht aus der Übung geriet und ich kostenlosen Boxunterricht.

Ach, hätte ich Harry doch bloß ein paar Wochen früher kennengelernt, dann hätte ich Jason in den Hintern treten können, als so unfassbar klischeehaft vor ihm zusammenzubrechen.

Nun würde sich so eine Gelegenheit wohl nie wieder ergeben, denn noch einmal würde er sich nicht von mir hinters Licht führen lassen. Schade, denn es gab immer wieder Tage, an denen ich ihm nur allzugern eins über die Rübe ziehen würde.

Nach einem weiteren lehrreichen Schultag ließ ich mich erschöpft ins Bett fallen. Lynn und Vicky saßen im Erdgeschoss und schauten sich Horrorfilme an.

Sie hatten mich zu sich eingeladen, aber ich musste morgen zeitig aufstehen, um meine Mutter zu empfangen, die übers Wochenende bleiben würde, also verkroch ich mich selig in meinem Bett.

Und weil auch Jason nicht zu Hause war, sondern Billard in seiner Stamm-Bar spielte, stand meinem ersehnten Schlaf nun nichts mehr im Weg.

Kapitel 4

Am nächsten Morgen schreckte ich blitzartig hoch und sah zur Uhr. Verdammt, es war nach zehn und meine Mom hatte schon längst da sein wollen. Komisch nur, warum sie dann noch nicht auf meinem Handy durchklingeln lassen hat.

Ich schlug die Decke zurück, rollte mich aus dem Bett und schlüpfte in meine Hausschuhe, dann warf ich einen Morgenmantel über und verließ den Raum. Als ich aus dem Zimmer trat, sah ich, dass Jasons Tür bereits offen stand und Vickys immer noch geschlossen war. Offenbar schliefen sie und Lynn noch.

Ich hatte gerade die oberste Treppenstufe betreten, als ich die Stimme meiner Mutter vernahm.

»… sehr mürrisch?«, hörte ich sie fragen. Instinktiv wusste ich, dass sie mich meinte und ich wollte sie gerade darauf hinweisen, von wem ich mein mürrisches Verhalten wohl hatte, als ich überraschenderweise Jason hörte.

»Nein, im Gegenteil. Ihre Tochter ist sehr liebenswürdig … sie weiß es nur nicht.« Beide lachten und ich erstarrte mit einem Fuß auf der Stufe. Liebeswürdig? Ich? Kam das gerade wirklich aus Jasons Mund? Unschlüssig blieb ich stehen und entschied mich, das Gespräch weiter zu belauschen.

»Und wie lange wohnen Sie noch hier?«, fragte sie und ich konnte den für meine Mutter so typisch interessierten Ton mitschwingen hören. Wenn sie nämlich jemanden geeignet für mich hielt, was so ziemlich auf jeden zweiten Mann zutraf, so verzweifelt war sie, dann passierte immer etwas mit ihrer Stimme. Sie klang dann so schnurrend und ihrem Ton nach zu urteilen, war sie von Jason hellauf begeistert.

Jaja, er kann charmant sein, wenn er etwas haben will oder ein bestimmtes Ziel verfolgt, dachte ich wissend, *aber im Grunde genommen ist er ein eingebildeter Flegel – ein verdammt gutaussehender leider.*

»Nicht mehr lange, die Renovierungsarbeiten sind fast abgeschlossen«, antwortete er.

»Das tut mir leid mit Ihrer Wohnung. Unterstützt sie Sie denn wenigstens?«, fragte sie und ich konnte hören, wie sie an einer Tasse schlürfte. Unterstützen? Es war kurz still, dann sagte er:

»Ja, sie ist eine große Hilfe.« Das war gelogen. Warum tat er das? Unbehaglich fiel mir auf, dass ich ihn noch nie gefragt hatte, wie es ihm seit dem Brand seiner Wohnung ergangen war oder ob er etwas benötigte. Dass er nun log, nur um mich gut dastehen zu lassen, war edel von ihm, verschärfte meine Schuldgefühle aber nur noch. Gott, ich hatte die letzten Wochen nur an mich und meine Probleme gedacht, dabei hatte es Jason doch am schwersten gehabt.

Uns allen gegenüber zeigt er gerne seine kühle und lockere Seite, aber niemand weiß, wie es wirklich in ihm aussieht, hatte Lynn gesagt und nun schienen ihre Worte erst richtig zu mir durchzudringen. *Egoistische blöde Kuh!*, schalt ich mich. Wieso hatte ich das nicht früher bemerkt?

Bevor mich Jason noch mehr in Verlegenheit bringen konnte, indem er mein störrisches Wesen verschönte, machte ich mich bemerkbar, indem ich laut polternd die Treppe hinunter kam.

»Da bist du ja, mein Schatz«, begrüßte mich meine Mutter, indem sie vom Stuhl aufsprang und herbeieilte.

»Hi Mom«, sagte ich, als sie mich in die Arme schloss und erwiderte die Liebkosung.

»Hast du gut geschlafen?«, fragte sie und strich mir eine Locke hinters Ohr. Ich gähnte hinter vorgehaltener Hand und sagte:

»Geht so. Wie lange bist du schon hier?« Ich nahm eine Tasse aus dem Schrank, goss Kaffee ein und setzte mich zu ihnen an den Küchentisch.

»Seit einer halben Stunde. Ich habe mich derweilen mit dem netten jungen Mann hier unterhalten«, sagte sie und deutete auf Jason, der sich ein Grinsen verkniff.

»Ich muss schon sagen, Liebes, ich bin fast schon enttäuscht von dir. Da wohnst du seit Wochen mit so einem gutaussehenden Mann zusammen und verlierst kein Wort darüber«, sagte sie und zeigte tadelnd mit einem Teelöffel auf mich.

»Moooom!, sagte ich peinlich berührt und schüttelte den Kopf. »Genaugenommen wohnt er ja bei Vicky.«

»Und er ist wirklich charmant. Er hat sehr nette Dinge über dich gesagt«, fügte sie hinzu, als säße er nicht direkt neben ihr und könnte für sich selbst sprechen.

»Tatsächlich?«, fragte ich wenig begeistert und musterte ihn durch zusammengekniffene Augen an.

Ich hoffte, dass Jason nicht noch mehr Unwahrheiten über mich verbreitet hatte, denn meine Mutter neigte dazu, jedes Wort für bare Münze zu nehmen, vor allem, wenn es um meine Wenigkeit ging.

Er schmunzelte in sich hinein, dann erhob er sich.

»Also die Damen, ich muss in die Uni. War nett, Sie kennenzulernen, Mrs. Daniels«, sagte er an meine Mutter gewandt.

»Ganz meinerseits«, säuselte sie angetan, was mich innerlich stöhnen ließ. Gab es auf diesem Planeten überhaupt eine Frau, die seinem Charme nicht erlegen war? Wir sahen ihm nach, bis er das Haus verlassen hatte und als die Tür ins Schloss fiel, wandte sie sich mit einem schelmischen Grinsen zu mir um.

»So einen Leckerbissen hältst du also vor mir versteckt, ja?«

»Er ist nicht mein Freund, nur ein Kumpel«, beharrte ich und schlürfte meinen Kaffee weiter. Sie sah mich ungläubig an.

»Wie kann man zu so jemandem nein sagen?« Eigentlich wollte ich nicht antworten, aber wie ich meine Mutter kannte, würde sie mich solange durchbohren, bis ich löchriger war als ein Schweizer Käse, also sagte ich:

»Es ist kompliziert … oder eigentlich auch nicht, denn ich habe jemand anderen.«

»Einen Freund?«, hakte sie neugierig nach.

»Nicht ganz«, wich ich aus. Hörte die Fragerei auch irgendwann mal auf?

»So so«, murmelte sie zu sich selbst. »Eine Dreiecksgeschichte also.« Ich seufzte laut vernehmlich.

»Willst du mir nicht lieber von *dir* erzählen? Wie war die Fahrt?«, wechselte ich das Thema.

Sie grinste in sich hinein, wohlwissend, dass ich sie nur ablenken wollte, ging aber trotzdem darauf ein. Mit meiner Mom über Männer zu reden, war nämlich das Letzte, worauf ich Lust hatte – naja, wer wollte das schon?

***

Die nächste Stunde verbrachten wir weiterhin am Küchentisch und meine Mutter tischte mir den neuesten Klatsch in Rekordzeit auf.

Dad war wie gewohnt viel geschäftlich unterwegs, meine übergewichtige Tante Mey suchte immer noch nach dem Heilmittel gegen ihre Fettpölsterchen, natürlich ohne sich sportlich betätigen zu müssen und Mom hatte immer noch Ärger mit ihrer eifersüchtigen Arbeitskollegin, die ihr Dad schon seit Jahren auszuspannen versuchte.

Tja, da war sie bei meiner Mom, die sich mit ihren 49 Jahren mehr als gut gehalten hatte, leider an der falschen Adresse.

Sie war fitter als so manch Zwanzigjährige und hatte auch gerne mal das Temperament einer solchen. Mit ihr sollte man sich also wirklich nicht anlegen, aber das hatte ihre Arbeitskollegin ja schon des Öfteren zu spüren bekommen. Nachdem wir gefrühstückt hatten, machte ich mich frisch und zog mich an, dann verließen wir das Haus. Wenn meine Mom irgendwo auftauchte, war immer Action angesagt.

Sie war wie ein unkontrollierbarer Wirbelsturm und auch heute hatte sie ein straffes Programm angelegt. Zuerst gingen wir zum Friseur und ließen unsere Haarfarben auffrischen, dann shoppen, Kaffee trinken, weitershoppen und eh wir uns versahen, war der Tag auch schon halb rum.

So gegen 17 Uhr gingen wir ins Restaurant essen, danach verabschiedeten wir uns. Mom würde bei Vickys Mutter, Tante Angelica schlafen und übermorgen würden wir vier uns auf ein Schwätzchen bei meiner Tante treffen.

Kapitel 5

Als wir am Morgen aufstanden, Lynn hatte wie so oft bei uns übernachtet, räumten wir zu allererst das Haus auf. Jason schlief noch, also machten wir es uns anschließend zu dritt am Frühstückstisch gemütlich und aßen Cornflakes.

»Wie viele sind wir heute eigentlich?«, fragte Lynn, als wir aufgegessen hatten und die Teller in die Spülmaschine räumten.

»Mal überlegen«, sagte Vicky und zählte die folgenden Namen an den Fingern ab.

»Du, ich, Claire, Jason, Zac, Bryan, zwei Kumpel von Jason …«

»Und Taylor«, fiel ich ein. Daraufhin sahen mich die beiden überrascht an.

»Ich hab ihn eingeladen«, erklärte ich auf ihre fragenden Blicke hin.

»Warum?«, fragten sie aus einem Mund. Ich zuckte die Achseln. »Warum nicht?

Oder gibt es eine Gästeliste, von der ich nichts weiß?«, sagte ich herausfordernd.

»Nein, aber … findest du es nicht etwas unpassend?«, meinte Lynn und schaute demonstrativ zur Treppe hinauf, an dessen Ende sich Jasons Zimmer befand.

»Unpassend? Ich werde bestimmt keine Rücksicht auf ihn nehmen und je früher er begreift, dass ich mich für Taylor entschieden habe, desto besser. Vielleicht gibt er nach dem heutigen Tag ja endlich Ruhe.« Sie tauschten Blicke, was mich sauer werden ließ.

Warum war hier eigentlich jeder auf Jasons Seite? Am Anfang hatten mich doch alle vor seinem Frauenverschleiß gewarnt und jetzt taten sie so, als würde ich mir den Traummann schlechthin durch die Finger gehen lassen. Vom Traummann war Jason jedoch weit entfernt!

»Aber du ziehst keine peinliche Eifersuchtsnummer ab und knutschst vor seinen Augen mit Taylor rum, oder?«, hakte Vicky besorgt und mit vollem Mund nach. Ich warf den Lappen nach ihr, den ich gerade ausgewrungen hatte.

»Sehe ich so aus? Und außerdem läuft da nichts zwischen Taylor und mir – dank Jason! So lange er hier wohnt, hält sich Taylor zurück, aber das heißt nicht, dass wir nichts zusammen unternehmen. Es ist eben nur unverbindlich.«

»Mal ehrlich, Claire. Was willst du überhaupt mit Taylor? Zugegeben, er sieht gut aus und am Anfang war ich auch begeistert von ihm, aber er hat doch nie Zeit und du und Jason …«, fing Vicky an, doch ich ließ sie nicht zu Ende reden.

»Wir hassen uns, zumindest hasse ich ihn. Muss ich dich daran erinnern, was er alles bei mir abgezogen hat? Sein neuester Streich war der *Dirty Talk*, du erinnerst dich?«

»Ja, aber das war auch meine Schuld. Ich habe ihn angestachelt, außerdem liegen Liebe und Hass manchmal sehr nahe beieinander.«

»Aha, wusste ich's doch«, sagte ich und überhörte das Letzte bewusst. Liebe, ha, dass ich nicht lache! Ich empfand so einiges für Jason, vor allem Negatives, aber ganz bestimmt keine Liebe. Das mit uns würde einfach nie funktionieren und konnten wir das leidige Thema nicht endlich sein lassen? Ich hatte keine Lust, mich ständig für Taylor rechtfertigen zu müssen und noch weniger Lust hatte ich, das Tag für Tag mit mir selbst auszumachen.

Sobald Jason aus dem Haus war, würden Taylor und ich endlich Zeit für uns haben und Mr. Westwood wäre ein für alle Mal vergessen – soweit zumindest die Theorie! Pünktlich um 11 Uhr trödelten die anderen ein und Jason war mittlerweile ebenfalls auf den Beinen.

Als ich meine Tasche gepackt hatte, war er nur in Boxershorts bekleidet in mein Zimmer getippelt und hatte mich verschlafen angeschaut.

Daraufhin hatte ich ihn schmunzelnd in sein Gemach zurückgeschoben und freundlich gebeten, doch bitte etwas anzuziehen, das war äußerst niedlich gewesen. Schade nur, dass er sich die meiste Zeit von seiner unangenehmen Seite zeigte!

Ein kurzer Blick in die Runde sagte mir, dass nur noch Taylor fehlte, aber der hatte seine Verspätung schon angekündigt. Wir begannen mit den Vorbereitungen für das Picknick und während ich die Weintrauben wusch und Melonen schnitt, putzte Vicky das Gemüse.

Lynn und Jason belegten die Brötchen und Bryan und Zac füllten die Kühltaschen mit Kühl-Akkus und packten die Marshmallos und Knabbereien ein.

Als es eine halbe Stunde später an der Tür klingelte, verstaute ich gerade die letzte Obst-Box und lief zum Eingang – dabei entgingen mir Jasons und Vickys Seitenblicke keineswegs. *Na, das konnte ja heute noch lustig werden*, dachte ich kopfschüttelnd.

»Hi«, begrüßte ich Taylor, als ich die Tür geöffnet hatte und bat ihn herein. Er kam in die Küche und begrüßte die anderen, wobei Vicky ihm einen Kuss auf die

Wange drückte und Jason ihm mit einem großen Küchenmesser zuwinkte.
Leider hatte die Geste eher etwas Drohendes, genau wie sein Lächeln. Oh Mann, worauf hatte ich mich da nur eingelassen?

***

Als das Essen, die Decken und Getränke in den Taschen verstaut waren, trugen die Männer sie zu den Autos. Wir waren mit drei Wagen unterwegs: Jason nahm seine Kumpel Will und Alex mit, Vicky fuhr bei Bryan, Zac und Lynn mit und ich bei Taylor.
Er hatte einen gelben Geländewagen, der mehr als geräumig war und wunderbar zu dem sonnigen Wetter passte. Er half mir gerade in das monströse Ding hinein, als sein Handy klingelte.
»Was ist denn jetzt schon wieder?«, fragte er und lief zur Fahrerseite herum.

Während er einstieg und die Tür hinter sich zuzog, hörte er stumm zu.

»Dann kümmere dich darum, dass Jackson seinen Arsch dorthin bewegt«, sagte er schließlich nachdrücklich und klappte das Handy zu. Als ich ihn fragend ansah, erklärte er:

»Heute kommt ein Talentscout und Jackson, dieser Idiot, will einfach nicht zum Training kommen. Er hat sich mit der Mannschaft gestritten.«

»Ein Talentscout und dann bist du nicht da?«, fragte ich verwundert. Er lachte.

»Höre ich da einen Anflug von Enttäuschung?«

»Nein, nein«, winkte ich ab.

»Ich bin eher positiv überrascht.« Er nickte und als Vicky ungeduldig hupte, warf er den Motor an.

»Und das ist traurig, weil das zeigt, wie selten wir uns eigentlich sehen.« Er sah unbewusst zu Jasons Wagen hinüber und als er sich dessen bewusst wurde, wandte er den Blick schnell ab.

»Aber ich verspreche dir, dass ich bald mehr Zeit haben werde.
Die Saisonspiele sind bald vorbei.«

»Ich freu mich schon drauf«, sagte ich grinsend und schnallte mich an.

Kapitel 6

Für unser Picknick hatten wir einen abgelegenen Strand ausgewählt. Er lag ein gutes Stück weiter weg als unser Partystrand, weswegen wir eine knappe Stunde länger unterwegs waren, doch am Ende lohnte sich die längere Fahrt. Im Wald gab es einen zweispurigen Weg, so dass wir fast bis zum Ziel heranfahren konnten.

Wie parkten die Autos, hievten die vollgepackten Taschen hinaus und legten die letzten Meter zu Fuß zurück. Dieser Strand war kleiner, dafür war das Wasser aber um einiges sauberer als beim anderen.

Ich legte die schwere Tasche ab, lief zum Wasser und sah mich begeistert um.

»Wow, wie klar es ist«, flüsterte ich und sah kleine Fische am Grund schwimmen. Ich zog meine Sandalen aus, stellte mich mit den Füßen in das herrlich kalte Wasser und schloss entspannt die Augen.

»Na, eine kleine Erfrischung gefällig?«, hörte ich Bryan rufen.

Von dunkler Vorahnung gepackt, drehte ich mich um und konnte ihm gerade noch ausweichen. Anstatt mich also zu packen und schwungvoll ins Wasser zu stoßen, stolperte er an mir vorbei und geriet selbst gefährlich ins Straucheln. Er versuchte nach mir zu greifen, doch ich wich kreischend aus und rannte zu den anderen zurück.

»Ich warne dich!«, rief ich lachend und versteckte mich hinter seiner Freundin, denn auch wenn das Wetter warm war, so würde das Wasser doch noch einige Wochen brauchen, um sich aufzuwärmen.

»Wenn du mich ins Wasser wirfst, bekommst du eine Woche lang nichts zu essen, nicht wahr, Lynn?«, warnte ich Bryan, der sich mir raubtierhaft näherte. Er blieb stehen und wir alle lachten, denn jeder wusste, wie sehr er ihre Kochkünste schätzte. Und auch wir anderen ließen uns gerne von Lynn bekochen. Ihre Eltern führten ein Restaurant und weil sie als Kind oft in der Küche aushelfen musste, hatte sie das ein oder andere Rezept von ihrem Vater abgeguckt.

Lynn stimmte mir nickend zu, also ließ mich Bryan in Ruhe und half den anderen die Decken auszubreiten. Wir waren nicht die ersten, die den Strand besuchten, deshalb gab es schon eine vorgefertigte Feuerstelle und zwei große Baumstände, die man als Sitzgelegenheit nutzen konnte.

Wir legten unsere Decken um die Stämme herum und stellten die Picknickkörbe in die Mitte und nachdem wir alles ausgepackt hatten, enthüllten sich Lynn und Vicky bis auf den Bikini und streckten sich auf den Handtüchern aus, um Sonne zu tanken.

Ich hätte es ihnen gerne gleichgetan, doch als ich mir das Shirt über den Kopf zog, spürte ich Taylors und Jasons Blicke auf mir und kam mir mit einem Mal beobachtet vor. *Was soll das?,* schalt ich mich gedanklich. *Seit wann hast du denn solche*

Hemmungen? Tja, seit wann? Ich tat, als müsse ich etwas aus meiner Tasche kramen und drehte mich zu den beiden um.

Taylor wandte den Blick ab und fuhr dabei fort, sich die Schuhe auszuziehen. Jason dagegen schaute mich unverwandt an und als ich ihm einen bösen Blick zuwarf, zwinkerte er mir auch noch spielerisch zu. Dieser taktlose Mistkerl! Von dem würde ich mich sicher nicht beglotzen lassen! Also ließ ich meinen Rock an, kroch zum Obstkorb und schnappte mir einen Apfel.

Und während ich ihn genoss, ließ ich meinen Blick über das glitzernde Wasser gleiten. Schade, dass es noch nicht warm genug zum Baden war, die Sonne war jedenfalls mehr als einladend.

Nachdem ich den Apfel verputzt hatte, ließ ich mich zufrieden und mit geschlossenen Augen auf den Rücken fallen und lauschte den Jungs bei ihrer Twilight-Diskussion. Wie kamen die nur immer darauf?

»Ach komm, Edward ist doch total schwul«, meinte Zac.

»Warum? Weil er sich förmlich ausdrückt und gut kleidet?«, hörte ich Jason fragen.

»Gut kleidet?«, fragte Bryan ehrlich entsetzt.

»Hast du dir seine Klamotten mal genau angesehen?«

»Dass Jason auf seinen Stil steht, ist mir klar«, warf Taylor ein. »Tut mir leid, Bryan, aber ich habe bisher keine Zeit gehabt, mir die Filme anzugucken. Ich schau dann doch lieber Politik und Nachrichten«, sagte er und ich konnte sein freches Grinsen förmlich vor mir sehen. Daraufhin verfielen die Männer in Gelächter und ich konnte Bryan beleidigt vor sich hin brummeln hören, schließlich beschimpfte Zac Jason als Streber und die Talkrunde ging weiter. Ich blendete ihre Gespräche aus und wandte mich den beiden Frauen zu, doch außer über Mode und Sonnenbrillen gab es bei Lynn und Vicky gerade nichts Interessantes zu hören, also machte ich mir meine eigenen Gedanken.

Ich musste eingeschlafen sein, denn die lauten Stimmen der Jungs weckten mich.

»Eher Interview mit einem Vampir. Blade kannst du vergessen, aber Königin der Verdammten hat mir auch gefallen«, hörte ich Jason sagen. Daraufhin wurden noch einige Vampirfilme genannt. Ich richtete mich auf und sah mich nach den Mädels um, die immer noch an derselben Stelle lagen. Es konnte also noch nicht viel Zeit vergangen sein, vielleicht war ich nur kurz eingenickt.

Ich griff nach meiner Wasserflasche und nahm einen Schluck, dabei wandte ich mich den Männern zu.

»Was meinst du, Taylor? Welcher ist dein Lieblingsfilm?«, fragte Zac und stopfte sich eine Handvoll Chips in den Mund. Er wollte gerade antworten, als sein Handy klingelte.

»Was gibt's, Tom?«, fragte er. Stille, dann knurrte er.

»Das darf doch wohl nicht wahr sein. Kannst du ihn bitte zur Vernunft bringen! Was soll das heißen, er geht nicht ran …

und der Talentscout? … Alles klar, ich beeil mich.« Als er sagte, *ich beeile mich*, sahen wir alle zu ihm, selbst Lynn und Vicky.

»Was'n jetzt los? Willst du uns etwa schon wieder verlassen?«, fragte Bryan und sprach mir damit aus der Seele. Das war doch wohl hoffentlich nicht sein Ernst?

»Sieht wohl so aus«, antwortete er und erhob sich.

»Kann ich dich mal kurz sprechen?«, fragte er an mich gewandt und ich konnte ihm das schlechte Gewissen deutlich anhören.

»Klar«, sagte ich und erhob mich ebenfalls. Dabei warf ich einen unbeabsichtigten Blick zu Jason, der aber klug genug war, den Blick abzuwenden und keinen Mucks von sich zu geben.

Wir entfernten uns ein Stück, wobei ich mir die Blicke der anderen deutlich bewusst war und als wir außer Hörweite waren, sagte er:

»Ich weiß, ich habe dir den ganzen Tag zugesagt, aber dieser verdammte Idiot macht immer noch Ärger und wenn ich das nicht regle …«

»Ich verstehe schon. Du bist der Teamchef, da bleibt die Verantwortung natürlich an dir hängen«, unterbrach ich ihn. Ich hoffte, dass meine Stimme verständnisvoll klang – zumindest bemühte ich mich.

»Ich kann verstehen, wenn du jetzt sauer bist, aber ich mach es wieder gut, versprochen.«

»Schon gut, ehrlich. Ich werde es schon ohne dich aushalten«, sagte ich lächelnd. Tatsächlich war mir allerdings zum Heulen zumute. Musste er mich ausgerechnet heute sitzen lassen, wo Jason auch noch dabei war? Ich hatte ihm eigentlich zeigen wollen, wie gut Taylor und ich uns verstanden und dass er der Richtige für mich war und jetzt ließ er mich auch noch vor seinen Augen hängen!

Gott, das war so demütigend, als würden sich Vickys und Jasons Einwände damit bestätigen.

»Danke für dein Verständnis«, sagte er und gab mir einen Kuss auf die Wange.

»Klar, sorg nur dafür, dass du das schnell regelst … und das nächste Mal wirklich Zeit hast.« Er nickte und ging zu den anderen, um sich von ihnen zu verabschieden, dann sprang er in seinen Wagen und brauste davon. Als ich zurückkam, waren alle klug genug, kein Wort darüber zu verlieren, doch das brauchten sie auch gar nicht.

Ihre Gedanken schwebten wie Rauchschwaden über ihren Köpfen, fast greifbar, und Jasons Kopf schien am stärksten zu rauchen. *Wenn du auch nur ein Wort sagst, reiße ich dich in Stücke,* dachte ich wachsam, doch er wich meinem Blick beflissen aus.

»Hey ähm, wir brauchen noch Holz fürs Feuer. Wer hat Lust, Stöcke zu sammeln?«, fragte Bryan, um das drückende Schweigen zu beenden.

Ich wusste, dass er es für mich tat und war ihm mehr als dankbar für die Gelegenheit.

»Ich gehe«, sagte ich eilig und lief schon auf den Wald zu. Alles, Hauptsache, ich musste Jasons und Vickys Blickaustausch nicht länger ertragen. Ich spazierte eine Weile im Dickicht herum und schlug lustlos mit einem Stock gegen die Baumstämme.

Ich wusste ja, dass Taylor das nicht mit Absicht tat und viel lieber hier geblieben wäre, aber … ach ich weiß auch nicht. Enttäuscht war ich trotzdem, wenn auch nicht unbedingt auf ihn, sondern vielmehr auf die gegenwärtige Situation.

Ich war gerade auf dem Weg zum Wasser, als ich hinter mir ein Rascheln vernahm und vor Schreck stolperte.

»Auuua«, murrte ich, als mein nacktes Bein an einem Brennnesselstrauch entlangstreifte.

»Na, mein kleiner Tollpatsch«, sagte Jason und trat hinter einem Baum hervor. Ich drehte mich genervt zu ihm um.

»Verfolgst du mich etwa?« Er zuckte die Schultern.

»Ich wollte nur schauen, wo du solange bleibst. Wir warten auf die Stöcke.« Als ich die Brauen hob, sagte er spöttisch: »Marshmallows? Du erinnerst dich?« Oh, die hatte ich ja ganz vergessen.

»Äh ja. Du kannst mir gerne beim Suchen helfen«, schlug ich vor und bückte mich wahllos nach einem Stock.

»Nichts täte ich lieber«, sagte er träge lächelnd und rückte mir auf die Pelle.

»Lass den Quatsch«, meinte ich und wich nach hinten aus, als mein Bein gegen einen Baumstamm stieß und ich prompt an meine Brennnesselverletzung erinnert wurde. Ich zog schmerzhaft die Luft ein und Jason blieb stehen.

»Was ist?«, fragte er und kam näher. Diesmal jedoch nicht neckend, sondern hilfsbereit.

»Nichts, ich bin nur in Brennnesseln getreten«, sagte ich und deutete auf mein gerötetes Bein.

»Zeig mal her«, sagte er und kniete sich vor mir nieder, als wollte er mir einen Antrag machen.

»Schon gut, ist nicht weiter schlimm«, versicherte ich und wollte zurücktreten, doch er packte mein Bein und hielt es an Ort und Stelle. Das allein war schon zweifelhaft, aber musste er unbedingt meinen Schenkel berühren? Die Wade hätte es auch getan.

»Wenn du dich nicht zu Tode jucken willst, dann gib mir mal ein bisschen Speichel«, sagte er.

»Wie bitte?«, fragte ich angewidert.

»Ganz bestimmt nicht. Soll ich dir etwa auf die Hand spucken?« Ein leises Lächeln umspielte seine Lippen.

»Wäre ja nicht das erste Mal, dass wir Speichel tauschen, oder?« Da war er wieder, dieser provozierende Unterton und ich konnte nichts dagegen tun, aber bei dem Gedanken daran, wie wir uns in Zacs Zimmer geküsst hatten, machte sich ein warmes Prickeln in mir breit.

»Gemessen an der Tatsache, dass mir danach speiübel war, kann es ja nicht so prickelnd gewesen sein«, konterte ich, um meine Reaktion zu überspielen.

»Autsch«, sagte er lachend.
»Du kannst wirklich herzlos sein, weißt du das?« Damit befeuchtete er seinen Finger mit dem Mund und fuhr damit über die gerötete Stelle.
»Was machst du da?«, fragte ich leicht angeekelt.
»Spucke lindert den Juckreiz, das weiß doch jedes Kind und deine wolltest du mir ja nicht geben. Eine Antihistaminsalbe macht es natürlich auch, aber …«
»Was bist du jetzt, Arzt?«, fragte ich und wusste nicht recht, wie ich mich verhalten sollte. Er wischte seine Hand an der Hose ab.
»Nein, aber ein Genie, schon vergessen?«, fragte er und tippte sich an die Schläfe. Damit stand er auf und klopfte seine Hose ab.
»Und? Besser?«, fragte er. Ich gab es ja nur ungern zu, aber ich spürte bereits, wie das Jucken nachließ.
»Ja, danke«, sagte ich und sah mich befangen um. Wir sollten wieder zurückgehen, bevor er noch mehr Gründe

fand, um mir näher zu kommen. Er musste mir mein Unbehagen angesehen haben, denn er seufzte plötzlich.

»Du vertraust mir immer noch nicht und so wie ich mich am Anfang benommen habe, kann ich das auch verstehen. Trotzdem werde ich nicht aufgeben, Claire. Ich bin immer noch der Meinung, dass Taylor nicht der Richtige für dich ist.«

Ach und *er* war der Richtige?

»Jason …«, stöhnte ich genervt. Ich musste mir die Rede schon von Lynn und Vicky anhören, da war ich nicht erpicht auf eine weitere Predigt – vor allem nicht, wenn sie von Jason höchstpersönlich kam!

»Ihr seid noch nicht zusammen oder? Warum eigentlich nicht? Wer von euch zögert?«

»Das geht dich gar nichts an!«, sagte ich, verärgert, weil er ins Schwarze getroffen hatte. *Ich* war mir ja sicher, nur störte sich Taylor daran, dass Jason immer noch bei mir wohnte. Ich würde mich jedoch hüten, ihm das zu sagen, sonst würde er nie ausziehen. Plötzlich war er mir viel zu nahe, so nahe, dass ich seinen Atem im Gesicht spüren konnte.

»Du bist so niedlich, wenn du wütend bist, weißt du das?«, sagte er und strich mir sanft mit der Hand über die Wange.

Durch meinen Körper ging ein elektrischer Schlag, als hätte ich in eine Steckdose gefasst und ich wich zurück.

»Lass das«, sagte ich mit zusammengezogener Stirn und verschränkte die Arme vor der Brust.

»Entschuldige«, sagte er wenig überzeugend und mit einem unterdrückten Lächeln. Es war fast, als wäre ihm meine Reaktion nicht entgangen. Dann seufzte er tief und sein Gesicht wurde ernst.

»Wir sollten zurückgehen, bevor die Gerüchteküche namens Vicky und Lynn zu brodeln anfängt«, sagte er mit einem Blick zum Strand.

Ich war mir sicher, dass es als Witz gemeint war, doch er lachte nicht, was mich wunderte.

Seit wann interessierte es ihn denn, was die anderen tuschelten? Wir sammelten die

Stöcke auf und liefen schweigend zum Strand zurück. Gott, ich hasste schweigsame Momente!

***

»Halt die Klappe!«, sagte ich zu Vicky, noch ehe sie den Mund aufmachen konnte. Sie hatte demonstrativ auf die Uhr gesehen und hätte mit Sicherheit einen dummen Spruch abgelassen, wenn ich ihr nicht zuvorgekommen wäre. Beleidigt zog sie eine Schnute.

»Ja ja, dann gebt endlich das Holz her, ich will Marshmallows essen.« Das taten wir und eine halbe Stunde später hatte jeder einen Holzspieß und drei riesengroße Schaumpuffer daran stecken.

»Wow, ich glaub, ich muss mich gleich übergeben«, sagte Jason irgendwann und hielt den Stock angewidert von sich.

»Was hast du denn gegen Marshmallows?«, fragte ich verständnislos.

Die konnte man doch tütenweise essen - also ich.

»Du meinst, abgesehen davon, dass sie so tausend Kilogramm Zucker enthalten? Gar nichts, wirklich«, sagte er grinsend. Ich riss ihm den Spieß aus der Hand.

»Gut, dann esse ich sie eben«, sagte ich frech und biss herzhaft hinein.

»Sicher? Es könnte noch Speichel dran sein«, bemerkte Jason augenzwinkernd. Die anderen, die seine Anspielung natürlich nicht verstanden, blickten ihn nur stirnrunzelnd an, aber ich konnte nicht anders, als über seinen Kommentar zu lachen. Obwohl der Wetterbericht für heute sonnigen Himmel vorausgesagt hatte, wurde es zum Nachmittag hin kühler und irgendwann fielen die ersten Regentropfen. Als es zehn Minuten später in Strömen schüttete, packten wir unsere Sachen im Eiltempo zusammen und ergriffen die Flucht.

Also fuhren wir zu uns, um den Abend wie so oft mit DVD schauen und Karten spielen ausklingen zu lassen.

Kapitel 7

Vicky hatte mich mal wieder dazu überredet, auf eine Party mitzugehen und weil ich es ihr angeblich in der Vergangenheit versprochen hatte, komisch nur, dass ich mich in keinster Weise daran erinnerte, musste ich mitziehen. Glücklicherweise hatte ich aber Taylor überreden können, mich zu begleiten, so dass ich mich wiederum darauf freute. Das war immerhin das erste Mal, dass wir zusammen weggingen und ich war gespannt, ob er mich zum Tanzen aufforderte.

Wir trafen uns wie üblich vor der Diskothek, in diesem Fall dem *Cäsar Club*, wobei Jason und Taylor mit uns fuhren und die anderen vor Ort dazu stoßen würden. Und ja, Jason war auch dabei, und das nur, weil Vicky ihn unbedingt hatte einladen müssen.

Keine Ahnung, was sie damit bezweckte, aber ich würde mich nicht von Taylor abwenden, egal, wie oft sie mir Jason unter die Nase rieb. Warum begriff sie das nicht endlich? Jason und Taylor hatten zeitgleich vor der Tür gestanden und zusammen quetschten wir uns in Vickys Auto.

Als wir am Club ankamen, hatte sich bereits eine lange Schlange angesammelt und als Lynn, Bryan und Co. eine halbe Stunde später zu uns stießen, waren wir immer noch nicht durch. Puh, heute war ja ganz schön was los.

Es dauerte noch eine ganze Stunde, eh wir endlich den Club betraten, dann sahen wir uns als erstes nach einer gemütlichen Ecke um. Wir hatten Glück, denn unsere Vorreiterin hatte wohl etwas zu viel getrunken.

Gerade, als wir an ihrem Tisch vorbeiliefen, begann sie zu würgen und stürzte in Richtung Toilette davon. Ihre zwei Freundinnen schnappten sich die Handtaschen und eilten ihr hinterher, wir huschten schnell auf ihre Plätze und sahen ihnen grinsend nach.

»Vielen Dank, die Damen«, sagte Jason feixend und bestellte eine Runde Drinks für alle.

***

Wir alberten herum und sahen dabei zu, wie der Club immer voller wurde – die drei Frauen sahen wir nie wieder. Irgendwann schlug Vicky vor, tanzen zu gehen und während sich die anderen anschlossen, verdrückte ich mich an die Bar.

Taylor folgte mir und Jason zog Lynn auf die Tanzfläche, um ihr den Tanz ihres Lebens zu bescheren, wie er Bryan augenzwinkernd anvertraute. Lynn hatte sich nämlich lautstark darüber beschwert, dass Bryan nicht tanzen konnte und da hatte sich Jason als Lehrmeister angeboten.

Ich sah ihm nach, wie er mit Lynn auf der Tanzfläche verschwand und ging dann mit Taylor in einen anderen Raum. Es gab insgesamt fünf Floors, alle mit einem anderen Musikstil und unterschiedlich groß. Damit war wirklich etwas für jeden dabei, so dass selbst ich, die Vicky meist damit abspeiste, nicht denselben Musikgeschmack zu haben, mich nicht herausreden konnte.

Wir ließen uns im House-Floor nieder und bestellten unsere Getränke – oder besser gesagt, Taylor bestellte, denn als Gentlemen konnte er es natürlich nicht hinnehmen, dass ich meine Drinks selbst bezahlte.

Er nahm ein Bier und ich eine Fanta - lieber erst einmal harmlos beginnen. Wir unterhielten uns prächtig und er erzählte ein bisschen über seine überdrehte Mutter, die verzweifelt nach einer Freundin für ihn suchte. Da musste ich laut lachen und berichtete ihm von meiner Mom, die genauso tickte und eh wir uns versahen, hatten wir unzählige Gemeinsamkeiten unserer beiden Mütter entdeckt und fielen ausgelassen über sie her.

Aber nicht nur in unseren Müttern entdeckten wir Parallelen, wir teilten auch dieselben Vorlieben für Musik und Raubkatzen. Irgendwann entschuldigte sich Taylor und rutschte vom Sitz.

Er ging fort und ließ mich alleine an der Bar sitzen, ich ließ meinen Blick umherschweifen und sah mir die Besucher an, deren Großteil schon einen Drink zu viel genossen hatte. Man sah es an der Art, wie sie tanzten. Am Anfang waren alle noch schüchtern und vorsichtig, doch je später der Abend wurde und je mehr Alkohol floss, desto enger wurde der Körperkontakt.

Ich hatte es schon immer albern und anstößig gefunden, *so* mit einem fremden Mann zu tanzen und beobachtete ein innig feierndes Pärchen. Vicky dagegen hatte nie Probleme damit gehabt, ihr Hinterteil an fremde Körper zu reiben. Keine Ahnung, vielleicht war ich wirklich zu prüde für diese Clubs.

Ich sah zu einem anderen Pärchen, das ebenfalls alles andere als prüde wirkte, als

Jason auf den freien Platz vor mir glitt. Ich verdrehte theatralisch die Augen.

»Ich muss hellsehen können, denn irgendwie habe ich es geahnt«, sagte ich böse dreinblickend. Er überging meinen Kommentar und reichte mir mit einem breiten Grinsen ein Manhattan.

»Dein Lieblingsgetränk«, sagte er augenzwinkernd. Ich sah von dem Drink zu seinem Gesicht auf und zog eine Grimasse.

»Was soll das, Jason? Ich bin mit Taylor hier«, sagte ich halb stöhnend. Sein Grinsen wurde breiter.

»Ich lade dich nur auf einen Drink ein. Keine Hintergedanken«, versicherte er. Ja klar! Mein Blick machte deutlich, dass ich ihm kein Wort glaubte, trotzdem nippte ich höflich an dem Getränk, wobei ich Jasons Erscheinung über den Glasrand betrachtete.

Wie immer sah er einfach nur umwerfend, geradezu verboten aus. Der dunkle Pullover spannte sich über seinen langen trainierten Körper und seine schwarzen

Haare lagen wirr auf dem Kopf. Als er sah, wie ich ihn musterte, schenkte er mir ein verheißungsvolles Lächeln, das mich an unseren *Dirty Talk* zurückdenken ließ. Prompt verschluckte ich mich und der Inhalt des Glases schwappte über den Rand und auf den Boden.

Ich stellte es schleunigst ab und beugte mich vornüber, Jason klopfte mir hilfsbereit auf den Rücken.

»Alles okay?«, erkundigte er sich, als ich mich wieder aufgerichtet hatte. Ich nickte mit tränenden Augen und sah, wie er sich das Lachen verkniff. Erfolglos, denn es war auf seine Augen übergesprungen, die verräterisch funkelten.

Dann glitt sein Blick hinter mich und seine Augen verloren einen Teil ihres Glanzes. Ich folgte ihnen und entdeckte Taylor, der sich einen Weg zu uns bahnte.

»Dann mach ich mich mal wieder vom Acker«, sagte er und vielleicht bildete ich es mir nur ein, aber in seiner Stimme schien ein wehleidiger Unterton mitzuschwingen. Er tat mir augenblicklich leid und das, obwohl ich mir geschworen hatte, nie wieder etwas anderes als Gleichgültigkeit für ihn zu empfinden. Ach zum Teufel mit Jason und zum Teufel mit meinen hoffnungslosen Vorsätzen!

»Was ist mit dem Cocktail?«, fragte ich, als er sich schon halb erhoben hatte und hielt das Getränk in die Höhe. Ich musste zugeben, dass ich verwirrt war. Da gab er mir einen Drink aus und dann verzog er sich so einfach?

»Ist spendiert.« Damit verschwand er in der Menschenmenge und Taylor trat an seine Stelle.

»Hat er dich belästigt?«, fragte er mit einem amüsierten Glitzern in den Augen. Ich wurde den Eindruck jedoch nicht los, dass es gespielt war, denn seine Kiefer mahlten leicht.

»Nein, nur einen Drink spendiert. Du kennst ihn ja«, sagte ich mit einer wegwerfenden Handbewegung und nippte an meinem Glas. Taylors Blick gewann an Härte, als er sich setzte.

»Allerdings. Ich muss mich wohl damit abfinden, dass ich ihn an der Backe habe. Jason war schon immer ein harter Konkurrent und in letzter Zeit ist er anhänglicher als eine Klette«, sagte er und beobachtete mich dabei genau. Ich runzelte die Stirn.

»Erzähl kein Quatsch, du hast keine Konkurrenz und um Jason brauchst du dir nun wirklich keine Gedanken machen. Ich bin fertig mit ihm, glaub mir. Daran ändert auch ein Drink nichts«, versicherte ich. Doch weil er nicht überzeugt aussah, exte ich das Glas, nahm seine Hand und zog den vollkommen überraschten Taylor auf die Tanzfläche.

»Komm, gehen wir die Hüften schwingen.«

***

Taylor war ein guter Tänzer. Nicht auffallend überragend, aber es genügte, um sich zumindest nicht auf der Tanzfläche zu schämen. Glaubt mir, da gab es viel schlimmere Tänzer! Und eigentlich war auch ich keine *Prima Ballerina* – zumindest gab ich mir nie wirklich Mühe beim Tanzen. Jetzt verspürte ich allerdings den Drang, mich zum Rhythmus der schnellen Musik zu bewegen und Taylor an mich zu ziehen. Er atmete überrascht auf, als ich ihn fest an mich drückte und die Arme um den Hals legte.

»Wow, was ist denn mit dir auf einmal los?«, fragte er positiv überrascht. Ich zuckte die Schultern und schenkte ihm ein freches Lächeln.

»Weiß nicht, ich hab einfach Lust zu tanzen.« Und wie ich tanzte! Im schnellen Takt der Musik rieb ich mich an seinen Körper, ließ meine Hüften kreisen und vollführte unanständige Bewegungen, so dass er große Augen machte.

Als er sich jedoch kurz entschuldigte und auf der Toilette verschwand, wurde ich den Eindruck nicht los, dass seine Augen nicht das einzige gewesen waren, das größer geworden war. *Claire Daniels!*, erklang eine Stimme in meinem Kopf, schockiert über meine schweinischen Gedanken. Doch so schnell wie die Fassungslosigkeit gekommen war, verschwand sie auch wieder. Grinsend und mit einem ungewohnten Hochgefühl steuerte ich die Bar an und ließ mich auf einen Hocker nieder - als auch schon eine Barkeeperin an mich herantrat.

»Einen Tequila bitte«, sagte ich und während der Drink zubereitet wurde, fragte ich mich, warum ich plötzlich so aufgedreht war? Lag es wirklich am Alkohol? Als ich den Shot ausgetrunken hatte und Taylor immer noch nicht zurück war, überlegte ich, was meine laszive Tanzeinlage wohl bei ihm angerichtet hatte und musste kichern.

Es verblasste allerdings, als ich nicht weit von mir Jason mit einer Brünetten tanzen sah. Ich strich mir die Haare aus dem Gesicht und warf einen verstohlenen Blick zu ihnen rüber.

Wow, auch wenn ich über Taylors Bewegungskünste nicht meckern konnte, war Jason um einiges besser. Er bewegte sich so leicht und geschwungen, als hätte er jahrelang dafür geübt. Die Frau in seinen Armen schien in Butter zu zergehen und ich konnte es ihr nicht verdenken. Er tanzte einfach nur atemberaubend, aber vor allem atemberaubend sexy!

Als ich mich bei einem unanständigen Gedanken erwischte, selbst in seinen Armen zu liegen, wurde ich dann doch etwas stutzig, was meinen Zustand betraf. Ich hatte mich doch für Taylor entschieden, verdammt. Ich sollte nicht an Jason denken!

Die Musik wechselte von schnell ins Mittlere und gemessen an dem rhythmischen Takt schlangen sich die Feiernden enger aneinander. Auch Jason zog seine Tanzpartnerin fest in eine Umarmung.

Er stand nun mit dem Gesicht zu mir, so dass er nur hätte aufblicken müssen, um mich zu sehen, doch seine Augen waren auf seine Partnerin gerichtet – nein, Moment, er starrte ihr in den Ausschnitt.

Als ich einen kleinen Stich verspürte, zuckte ich erschrocken zusammen. Eifersüchtig? Auf Jason? Ausgeschlossen! Ich schüttelte den Kopf und wollte mich gerade abwenden, als sein Blick in die Höhe schoss und sich mit meinem verankerte.

Ich war so überrumpelt, dass ich meine Augen nicht abwandte. So starrten wir uns eine gefühlte Ewigkeit an und der feurige Ausdruck, den er mir zuwarf, obwohl er jemand anderes im Arm hielt, brachte meinen Körper in Wallung. Oh Gott, ich war betrunken.

Ganz sicher lag es daran! Ich wandte mich ruckartig ab und überlegte, ob ich mir noch einen Tequila bestellen sollte, verwarf den Gedanken aber gleich wieder. Wo war bloß Taylor? Wenn ich mich jetzt von der Bar entfernte, würde er mich vielleicht nicht wiederfinden, so groß wie der Club war und so viele Floors wie er barg, aber bei Jason wollte ich auch nicht bleiben.

Aus unerfindlichen Gründen brachte mich seine Gegenwart schon wieder vollkommen durcheinander, was natürlich dem Alkohol zuzuschreiben war. Ich wollte mir gerade ein Glas Cola bestellen, als Jason an meine Seite trat. Ich zuckte erschrocken zusammen.

»Darf ich um den Tanz bitten?«, fragte er und hielt mir die Hand hin. Ich sah ungläubig zu ihm auf.

»Wie bitte?«

»Ob du tanzen willst?« Sein Lächeln war einladend, doch es schwang auch eine unterschwellige Herausforderung mit, so als würde es weitaus mehr Konsequenzen für mich haben, als anfangs ersichtlich. Ich hatte das Gefühl, als würde ich einen verdeckten Pakt mit dem Teufel eingehen, wenn ich zustimmte, weshalb ich heftig den Kopf schüttelte.

»Taylor kommt gleich zurück, also ...« Ich hatte noch nicht ausgesprochen, da hatte mich Jason auch schon vom Hocker gezogen.

»Hey!«, protestierte ich, als er mich auf die Tanzfläche zog.

»Ich habe *nein* gesagt«, versuchte ich es noch einmal, doch er zog mich so fest an sich, dass ich der Länge nach an seinen Körper gepresst wurde und mir kostbare Luft entwich. Gott, das war auf so vielen Ebenen unpassend.

»Nein, hast du nicht. Du hast gesagt, du wartest auf deine Begleitung und solange die noch nicht zurück ist, borge ich dich mir aus.« Als er sich langsam zum Takt bewegte, sah ich böse zu ihm auf, doch er ignorierte meinen Blick - wie immer.

»Du hast mich auch nicht aussprechen lassen. Ich wollte ja verneinen, aber ...«

»Zu spät«, flüsterte er und tat etwas mehr als Bedenkliches. Er drückte meinen Kopf an seine Schulter und umschloss meinen Rücken mit den Händen.

Das war so eine vertrauliche Geste, dass ich mich versteifte und zurückschrecken wollte, doch sein Griff war unnachgiebig, Eisenstangen hätten meinem Widerstand eher nachgegeben.

»Was soll das? Lass mich los!«, nuschelte ich an seine Schulter, doch er lachte nur, was unser beider Körper vibrieren ließ.

»Komm schon. Nur ein Tanz«, bat er mit seidiger Stimme. Was hatte ich denn für eine Wahl? Wenn ich verneinte, würde er mich einfach festhalten und trotzdem bekommen, was er wollte. Ich atmete tief durch und nickte, da lockerte er seinen Griff. Als ich meinen Kopf hob und ihm in die Augen sah, schienen sie zu funkeln und ich hätte zu gerne gewusst, was hinter seiner Stirn vor sich ging.

Ich wusste nur, dass meine Gefühle gerade vollkommen verrückt spielten und Achterbahn fuhren. Ach was rede ich? Looping, sie fuhren dreifachen Looping!

Als die Musik in einen rhythmischen und anstößigen Takt wechselte, wurde mein Gefühlschaos leider nicht besser. Im Gegenteil. Ich wurde mir Jasons warmer Hände, die sich wie glühende Kohlen durch den Stoff hindurch in meine Haut brannten und seinem stählernen Körper, der sich an meinen rieb, nur allzu bewusst.

Die unglaublich wohltuende Wärme, die er ausstrahlte und sein eigener Duft ließen mein Herz höher schlagen. Ich sollte nicht so mit ihm tanzen, ich sollte das nicht fühlen!

Doch meine Bedenken wurden mehr und mehr fortgespült, je länger wir uns zum Takt bewegten. Ich spürte, wie sich neben der Wärme auch eine Gleichgültigkeit in mir ausbreitete, die nur vom Alkohol kommen konnte, denn als das Lied endete, machte ich keine Anstalten, mich aus seiner Umarmung zu befreien.

Und warum auch? Es gefiel mir, in Jasons Armen zu liegen, Gott und wie es mir gefiel. Von einer plötzlichen Eingebung gepackt, schlang ich ihm die Hände um den Hals und zog unsere Gesichter dicht aneinander. Dabei brachten mich seine kreisenden Hüftbewegungen beinahe um den Verstand.

»Ein Spiel mit dem Feuer, Claire?«, fragte er mit lodernden Augen und verstärkte seinen Griff um meine Taille, doch ich war unfähig zu antworten. Ich wusste nicht mehr, wo oben und unten war, die Realität schien vor meinen Augen zu verschwimmen und ich wollte ihn nur noch küssen.

Dann merkte ich, wie sich ein Schwindelgefühl in meinem Kopf ausbreitete und ich ließ von ihm ab. Fassungslos starrte ich in seine Augen, die so viele Emotionen widerspiegelten und war entsetzt über mein Verhalten.

»Entschuldige. Ich muss auf die Toilette«, sagte ich und ging ohne ein weiteres Wort davon. Mein Gott, ich hätte Jason beinahe geküsst, sickerte es allmählich zu mir durch. In einem Club, indem sich Taylor aufhielt!

Mit eiligen Schritten bahnte ich mir einen Weg durch die dichte Menschenmenge, doch irgendetwas stimmte nicht, denn ich wankte mehr, als dass ich lief. Ich fühlte mich eigenartig, so benommen.

»Hey, pass doch auf«, maulte ein hochgewachsener Mann, als ich gegen ihn stieß und sein Getränk verschüttete. Ich wollte mich entschuldigen, brachte aber kein Wort heraus. Was war nur los mit mir und was war das für ein eigenartiges Gefühl? Es war wie eine verspätete Reaktion auf zu viel Alkohol, nur dass da noch etwas anderes war.

Ich wusste, wie es sich anfühlte, betrunken zu sein und ich wusste, wie es war, wenn ich gekifft hatte. Das hier war jedoch eine ganz neue Empfindung.

Ich fühlte meinen Körper allmählich davonschweben, als würde sich mein Geist von meinem Körper lösen.

Das Letzte, woran ich mich erinnerte, war, dass ich mich in die Schlange der Toilette einreihte.

Kapitel 8

»Komm schon, wir sind gleich da«, sagte er und zog mich eilig mit sich.

»Hmmhmm«, antwortete ich erschöpft und versuchte, nicht über meine Füße zu stolpern, doch weil der Boden so schrecklich wankte, warf ich einen Blick nach unten. Das war ein Fehler, denn sofort kam mir der Waldboden entgegen. Waldboden? Wie war ich überhaupt hierher gekommen?

»Jetzt bloß nicht schlapp machen, da vorne ist gleich mein Auto«, sagte er und starke Arme griffen mir unter die Achseln. Auto? War die Party denn schon vorbei? Als ich wieder stand, warf ich einen Blick über die Schulter und sah ein verschwommenes Haus.

Der Cäsar Club, wie ich an den bunten Lettern erkannte. Ich verstand nicht, warum ich hier war und warf einen Blick auf meinen Gefährten. Er war groß und vollkommen in Schwarz gekleidet, doch mehr vermochten meine Augen nicht zu erkennen, denn sein Gesicht war eigenartig verschwommen. Auch seine Stimme war verzerrt, so dass ich nicht sagen konnte, ob ich sie kannte. Musste ich aber, sonst wäre ich nicht mit ihm hier, oder?

»Was ist los? Stimmt was nicht?«, fragte er, als er mein Zögern bemerkte. Ich war stehen geblieben und starrte ihn an, versuchte die Dunkelheit, die sein Gesicht verdeckte, zu durchdringen, doch es gelang mir nicht.

Es war, als würde ihn ein schwarzer Vorhang verdecken. Ein Vorhang, der sich einfach nicht aufziehen ließ. »Wollen wir nicht wieder reingehen?«, fragte ich und drehte mich noch einmal zum Club um. »Verdammt. Offenbar hast du nicht genug getrunken«, murmelte er und packte mich grob am Arm, um mich weiterzuziehen. Genug? Genug von was getrunken?

»Hey!«, rief ich, als er mich unsanft weiterzog und ich allmählich wieder zur Besinnung kam. Es war, als würde allmählich ein Schleier von meinen Augen fallen. Was zur Hölle tat ich hier draußen im Wald? Wo war Taylor? Wo waren Vicky und die anderen? Wer war dieser Mann?

»Lass mich los«, forderte ich und zog an meinem Arm. Er hielt inne und drehte sich zu mir um, doch ich konnte sein Gesicht immer noch nicht erkennen. Es war einfach zu dunkel und was auch immer mit mir nicht stimmte, es trübte meine Sinne.

»Dann eben hier«, sagte mein Begleiter und stieß mich zu Boden. Ich landete hart auf dem Rücken, schlug mit dem Hinterkopf auf und sah kleine Pünktchen vor meinen Augen aufblitzen. Dennoch war ich allmählich klar genug im Kopf, um zu ahnen, was nun kam.

»Nein, Hilfe!«, schrie ich, als er sich auf mich warf. Mir blieb die Luft weg, dann wurden meine fuchtelnden Arme festgehalten und ich wehrte mich nur noch verbissener.

Meine Hände wurden über meinen Kopf gehalten und eine Hand auf meinen Brustkorb gedrückt, um mich unten zu halten. Durch meine Zappelei rutschte sein Ärmel hoch und ich konnte einen schwarzen Abdruck auf seinem Handgelenk sehen. *Der Stempel des Clubs*, schoss es mir noch durch den Kopf, dann spürte ich, wie mir die Sinne schwanden. Plötzlich war es dunkel und meine Umgebung verstummte. Komisch, dachte ich noch.

Warum war es plötzlich so ruhig? Dann wurde ich wieder in die Realität gerissen und die Geräusche brachen mit einem Mal über mich herein. Sofort begann ich mich wieder zu wehren und um mich zu schlagen.

»Claire, höre auf, ich bin‘s«, hörte ich ihn sagen.

»Lass mich los. Hilfe!«, kreischte ich. »Beruhige dich, er ist weg«, sagte er wieder. Da klärte sich mein Blick und ich konnte denjenigen erkennen, der auf mir hockte. Jason!

***

Ich war schockiert. Ich war einen Moment so schockiert, dass ich aufhörte, mich zu wehren. Ich starrte zu Jason hoch, in sein wutverzerrtes Gesicht und konnte nicht glauben, dass er es war. Das er mich in den Wald geschleppt hatte, um ... Plötzlich wurde er von mir runtergerissen und Taylor trat in mein Blickfeld.

»Du verdammter Bastard«, rief er und schlug ihm ins Gesicht. Ich rappelte mich in eine sitzende Position und sah, wie Jason zurücktaumelte. *Taylor, sei vorsichtig*, wollte ich rufen, denn als Träger des sechsten Dans im Taekwondo, was dem unteren Meistergrad entsprach, war Jason alles andere als ungefährlich, doch er schien nicht aufs Kämpfen aus zu sein, denn er hob abwehrend die Hände und wich vor Taylors fliegenden Fäusten zurück. Was sollte das?

Warum wehrte er sich nicht? Immerhin war er auf frischer Tat ertappt worden. Mir fiel auf, dass der Wald heller geworden war und ich sah mich verwundert um.

Da bemerkte ich, dass mehrere Autoscheinwerfer auf uns gerichtet waren und sich einige Menschen vorsichtig näherten.

»Beruhige dich, Taylor. Ich wollte ihr nur helfen«, sagte er und schaute dann zu mir. Ich wandte sofort den Blick ab und schaute stattdessen zu Taylor. Ich konnte Jasons Anblick nicht ertragen. Dieses Schwein hatte Gott weiß was mit mir vorgehabt und jetzt wagte er es auch noch, mich anzusehen?

»Willst du mich verarschen? Ich habe dich von ihr runtergezogen und du willst mir weismachen, du wolltest ihr nur helfen?«, schrie Taylor. Ich hatte ihn noch nie so außer sich erlebt.

Jason sah wieder zu mir und bevor ich die Augen abwenden konnte, verfingen sich unsere Blicke. Seine Augen weiteten sich ungläubig, als ich ihn hasserfüllt und mit tränenverschleierten Augen anstarrte.

»Nein, Claire, ich …«, fing er an, doch Taylor unterbrach ihn, indem er ihn erneut schlug. Die Brutalität, mit der er es tat, hätte mich schockieren müssen, vor allem, weil Taylor überhaupt kein Schlägertyp war, doch ich war selbst so wütend und entsetzt über Jasons Tat, dass ich am liebsten selbst auf ihn eingeschlagen hätte. Aber ich fühlte mich erschöpft und mein Körper zitterte an jeder erdenklichen Stelle.

Ob vor Kälte oder Schock vermochte ich nicht zu sagen. Ich wusste nur, dass mir plötzlich unglaublich übel war und ich mich jeden Moment übergeben musste. Diesmal ging Jason zu Boden und bevor Taylor weiteren Schaden anrichten konnte, kamen Bryan und Zac herbeigeeilt und hielten ihn an den Armen zurück.

Ihnen folgten Vicky, Lynn und die anderen und aus den Augenwinkeln konnte ich sehen, wie sich weitere Zuschauer aus dem Club drängten und in unsere Richtung blickten.

Offenbar hatte sich die Schlägerei schnell herumgesprochen und ich war der Mittelpunkt des Ganzen.

»Mein Gott, Claire!«, rief Vicky, als sie mich am Boden erblickte und eilte zu mir.

»Was ist passiert?«, fragte sie und ließ sich neben mir in die Hocke sinken. Sie legte einen Arm um meine Schulter und musterte mich, dann sah sie schockiert zu Taylor und Jason rüber. Jason blickte mit blutverschmierter Nase zu mir, doch ich wich seinem Blick wieder aus.

»Was zum Teufel wird das hier?«, fragte Vicky verärgert und musterte die beiden Männer.

»Jason, dieses Schwein, hat sich an Claire vergriffen, ich konnte ihn gerade noch rechtzeitig runterziehen, bevor …«, knurrte Taylor und funkelte Jason mordlustig an.

Bei seinen Worten machten Bryan und Zac ihren Griff locker und traten einen Schritt näher an Jason heran. Nun sahen auch sie angriffslustig aus – fassungslos, aber auch angriffslustig.

»Das stimmt nicht, ich wollte ihr helfen«, unterbrach Jason ihn und funkelte ebenso zurück. Er wischte sich die Nase am Hemdkragen ab.

»Hast du getrunken, Taylor? Lass ihn in Ruhe und quatsch nicht so einen Blödsinn«, sagte Vicky halb verärgert, halb schmunzelnd.

»Ich kann's auch kaum glauben, aber so war es«, bestätigte Taylor. Vicky blickte immer noch skeptisch, bis sie mein tränenüberströmtes Antlitz musterte und ihre Gesichtszüge gefroren. Ich merkte, wie sich auch alle anderen Blicke auf mich hefteten, als suchten sie meine Bestätigung und ich wäre am liebsten im Erdboden versunken.

Nicht nur, dass Jasons Tat grässlich war - obwohl ich es immer noch nicht ganz glauben konnte - jetzt war auch noch die halbe Uni Zeuge davon!

»Ist das ... ist das wahr?, stotterte sie und betrachtete mich mit großen Augen. Ich starrte ins Leere und wünschte, ich hätte mir das Ganze nur eingebildet. Ich wünschte, ich hätte zu viel getrunken und fantasiert, doch so war es nicht. Was eben geschehen war, war real und es war Jason gewesen. Ich nickte langsam und Vicky schloss mich seufzend in die Arme.

»Oh mein Gott«, flüsterte sie und wiegte mich in den Armen, doch das war nicht nötig. Ich brauchte niemanden, der mich tröstete, denn ich war nicht traurig, sondern wütend. Wütend, dass ich all die Monate auf Jason hereingefallen war, dass ich seinen Ruf und seine dummen Sprüche ignoriert hatte und beinahe etwas mit ihm angefangen hätte.

Vicky hatte mich anfangs vor ihm gewarnt, doch sie hatte wohl nicht damit gerechnet, dass er zu so etwas fähig war – niemand von uns hätte das. Auf meine Bestätigung hin schritt Bryan brummend auf Jason zu.

»Du kranker Bastard«, knurrte er und wollte sich auf ihn stürzen, doch Zac hielt ihn zurück. Jason wischte sich die Nase und richtete sich langsam auf.

»Beruhige dich, ich hab ihr das nicht angetan«, sagte er mit ruhiger Stimme. Nun, wo sein lastender Blick nicht mehr auf mich gerichtet war, funkelte ich ihn böse an. Wie konnte er nur so seelenruhig dastehen und seine Freunde belügen, wo ich ihn doch eindeutig erkannt hatte? Gott, wie hatte ich mich nur so in ihm täuschen können?

»Tatsächlich!«, sagte Bryan und klang alles andere als überzeugt.

»Das sieht Claire aber ganz anders.« Jason schaute nicht zu mir, als er antwortete und ich war froh darum.

»Claire weiß nicht, was sie redet, sie steht unter Schock«, erwiderte er.

»Verständlich, das würde ich auch«, warf Taylor ein und stand versteinert da. Alle sahen aus, als würden sie sich nur liebend gern auf Jason stürzen und als könnten sie sich nur mit Mühe zurückhalten.

Ich schätze, die beachtliche Menschenmenge, die sich derweilen um uns versammelt hatte, trug einen Großteil zur Zurückhaltung bei. Plötzlich drehte sich die Welt und ich sah wieder zu den Baumkronen auf.

»Claire, Süße, bleib bei mir«, hörte ich Vicky rufen, dann traten ihres und Taylors Gesicht in mein Blickfeld.

»Ihre Pupillen sind total geweitet, sie steht unter Drogen«, hörte ich Taylor sagen, doch seine Stimme klang wieder verschwommen. *Komisch, gerade war doch alles in Ordnung gewesen?*, dachte ich verwundert.

Sein Gesicht verschwamm wieder, doch bevor es das tat, sah ich, wie er sich mit einem mordlüsternen Ausdruck in den Augen zu Jason umdrehte.

Daraufhin erklangen laute Schreie und Rufe, die mir bis ins Mark gingen. Es hörte sich an, als wäre eine Rauferei im Gange, denn alle brüllten plötzlich durcheinander.

»... weißt doch gar nicht, ob er es wirklich war«, hörte ich jemanden schreien.

» ... mach ihn fertig«, rief ein anderer und viele weitere Ausrufe.

»Schlecht«, murmelte ich und versuchte mich aufzurichten. » … ist schlecht.«

»Was sagst du? Dir ist schlecht?«, fragte Vicky und beugte sich zu mir herab. Als ich nickte, half sie mir auf und drehte mich zur Seite. Gerade noch rechtzeitig, denn ich übergab mich an Ort und Stelle. Der Tumult um uns herum verstummte und ich spürte wieder alle Blicke auf mir und als ich fertig war, winkte Vicky Lynn zu sich, damit sie mir aufhalf.

Zusammen schleppten sie mich zwei Bäume weiter, weg von der gaffenden Menschenmenge.

»Danke«, murmelte ich und nahm das Taschentuch entgegen, das mir Lynn hinhielt. Mir ging es jetzt besser und der Schwindel ließ auch nach, aber ich konnte jetzt keine Schaulustigen ertragen.

»Ich kann es immer noch nicht glauben, ich meine, Jason …«, murmelte Lynn und strich mir die verklebten Haarsträhnen von der Stirn.

»Hm«, stimmte Vicky nickend zu.

»Und du bist dir auch ganz sicher, dass er es war?«, hakte Lynn nach. Vicky warf ihrer Freundin einen bösen Blick zu und wenn ich die Kraft dazu gehabt hätte, hätte ich dasselbe getan.

»Ist das dein Ernst?«, fragte Vicky böse schauend. Lynn zuckte hilflos die Schultern.

»Ich meine ja nur, vielleicht … ach vergiss es. Tut mir leid.« Ich machte eine wegwerfende Handbewegung.

»Lass nur, ich kann es auch kaum glauben, obwohl ich ja dabei gewesen bin.«

»Gott, dass ich nicht mal nach dir gesehen habe. Ich bin eine schreckliche Cousine«, fing Vicky an und betupfte mein Gesicht mit einem Feuchttuch. Ich hatte bestimmt einige Kratzer und Dreck im Gesicht.

»Hör auf mit dem Quatsch«, murmelte ich und richtete mich ein Stück auf, um am Baumstamm zu lehnen.

»Ich war heute Abend offiziell mit Taylor verabredet, da ist es ja wohl verständlich, dass du nicht an meiner Backe klebst.«

»Apropos. Wo war er überhaupt? Wie konnte dich Jason hier rausschleppen?«, fragte Lynn.

»Jason hat mir vorher einen Drink spendiert, in den er offenbar etwas reingemacht hat«, erklärte ich. »Später war ich dann mit Taylor tanzen und er ist auf dem Klo verschwunden, danach ist alles ziemlich verschwommen. Ich glaube, ich hab kurz noch einmal getanzt und war dann auf der Toilette, glaube ich, ich erinnere mich kaum.«

Ich fasste mir an den Schädel, weil sich schlimme Kopfschmerzen ankündigten. Noch klopften sie nur leise an, aber bald würden sie wie ein Bulldozer über mich herziehen.

»Unfassbar«, sagte Vicky leise und sah zu Jason rüber. Ich beugte mich vor und folgte ihrem Blick.

Er stand jetzt am Baum gelehnt und hielt sich die Seite. Noch mehr Blut tropfte aus seiner Nase, als ob er noch einmal geschlagen wurde und Taylor und Zac schienen sich zu streiten. Über was genau hörte ich nicht mehr, denn näherkommendes Sirenengeheul übertönte ihre Stimmen.

»Da ist der Krankenwagen. Na komm, Süße«, sagte Vicky und wollte mir aufhelfen, doch ich blieb sitzen.

»Schon gut. Mir geht's schon wieder besser«, antwortete ich und beobachtete wie Kranken- und Streifenwagen näher kamen. Sie wurden langsamer und warteten, dass sich die Menge teilte, dann fuhren sie an den Schauplatz heran.

»Soll das ein Witz sein? Du wurdest unter Drogen gesetzt und beinahe vergewaltigt. Und ob du mitkommst!«, sagte sie verärgert. Bei dem Wort *Vergewaltigt* zuckte ich zusammen. *Nenn es nicht so*, hätte ich am liebsten gesagt, denn ich wollte es nicht hören, wollte es mir nicht einmal vorstellen. Der Gedanke daran war einfach zu schrecklich.

»Ich glaube, die Drogen vernebeln dir den Verstand«, bemerkte Lynn, doch Vicky schien meine Leiden zu bemerken und ihr Blick wurde weich.

»Kannst du die Rettungshelfer holen?«, fragte sie an Lynn gewandt und als sich diese aufmachte, hockte sich meine Cousine noch einmal vor mich.

»Claire, lass dich doch wenigstens untersuchen. Wer weiß, was er dir gegeben hat«, sagte sie mit ruhiger Stimme.

Ich presste fest die Lippen zusammen. Einerseits, um ihr nicht zu widersprechen, denn natürlich hatte sie recht.

Ich wollte nur so schnell wie möglich in mein Bett und den Abend endlich hinter mir lassen. Aber auch, weil ich den Tränen nahe war.

Oh nein, du weinst jetzt nicht! Du wirst keine einzige Träne wegen diesem Mistkerl verlieren, mahnte ich mich und das half, das Wasser aus meinen Augen zu vertreiben.

Kaum hatte ich mich einverstanden erklärt, knieten auch schon zwei Rettungshelfer vor mir.

»Wie geht es dir?«, fragte der Blonde und ich ließ die Untersuchung über mich ergehen.

***

Laut dem Arzt hatte das Rauschgift keinen ernsthaften Schaden angerichtet, weil ich den Großteil bereits wieder von mir gegeben hatte und die Dosis dann doch nicht sehr hoch war. Sie boten mir an, im Krankenhaus zur Beobachtung zu bleiben, doch ich lehnte ab.

Ich wollte einfach nur in mein Bettchen und mich den Rest meines Lebens verkriechen.

Ich versprach mich zu melden, sollte es mir wider Erwarten schlechter gehen, dann zogen sie endlich ab. Weil der Wirkstoff aber erst nach 48 Stunden vollkommen aus meinem Körper war, wurden mir zwei Tage Bettruhe und viel Wasser und Vitamine verschrieben.

Die Polizei war mittlerweile auch eingetroffen und führte Jason, der vom Großteil der Masse als Täter deklariert wurde, in Handschellen ab. Die wichtigste Bestätigung musste *ich* allerdings geben und so hatte ich die schrecklichste Stunde meines Lebens noch einmal genau schildern müssen. Nachdem das erledigt war, zogen auch die Polizisten ab und die Menge verflüchtigte sich allmählich.

Taylor bot mir an, mich nach Hause zu fahren, doch ich lehnte dankend ab und ließ mich von Vicky und Lynn zum Auto begleiten.

Er hatte vollstes Verständnis, dass ich heute keine Männer mehr um mich herum haben wollte, dennoch tat er mir leid. Er konnte nun wirklich nichts für Jasons kranke Fantasien und doch stand er wieder einmal zwischen uns – diesmal aber zum letzten Mal!

Kapitel 9

Wie vom Arzt angewiesen, blieb ich die nächsten Tage im Bett, wobei ich gleich einen weiteren Tag drauflegte.

Einerseits, um auch den letzten Rest des Wirkstoffes aus meinem Körper zu spülen, andererseits, weil ich mich einfach noch nicht den Blicken der Uni aussetzen wollte. Lynn hatte gestern bei uns übernachtet und zusammen mit Vicky hatten wir uns im Wohnzimmer eingerichtet und Filme angeschaut.

Taylor hatte jeden Tag angerufen und sich bei mir erkundigt und ich hatte ihm immer wieder versichert, dass es mir gut ging. Auch Vicky und den anderen hatte ich mein Wohlsein versichert, doch kein einziges Mal auch so gemeint.

Wie sollte man sich schon fühlen, wenn man von jemandem angefallen wurde, den man kannte und dem man vertraute? Ich weiß, ich hatte Jason gesagt, dass ich ihm nicht traute, aber damit meinte ich doch nur seine Absichten. Er hatte mich nie körperlich bedrängt, zumindest nicht ernsthaft und selbst, als ich im *Mickeys* in Schwierigkeiten war, war er da gewesen, um mich zu beschützen.

In dieser Hinsicht hatte ich ihm also vertrauen können, aber jetzt … ich schüttelte den Kopf und versuchte die Gedanken zu verdrängen – natürlich erfolglos. Wenn man den ganzen Tag in seinem Zimmer verbringt, hat man nun einmal nichts anderes zu tun, als nachzudenken und der Kopf war ja auch kein Gerät, das man einfach ausschalten konnte – leider. Am Nachmittag fuhr Lynn zur Arbeit und Vicky machte es sich auf meinem Bett bequem.

Ich las in meinem neuen Buch und sie tippte gerade auf ihrem Handy herum, als es klingelte und ihr Gesicht versteinerte. Ich wollte schon fragen, was los sei, doch dann sah sie zu mir auf und ihrem Gesichtsausdruck nach konnte das nur eine Person sein. Ganz langsam nahm sie das Gespräch an und hielt sich das Handy ans Ohr, wobei ihre vorsichtigen Bewegungen beinahe beängstigend aussahen.

»Hi«, sagte sie, ohne den Blick von mir zu wenden.

»Zu Hause«, antwortete sie auf eine Frage hin.

»Was haben sie gesagt?« Es herrschte einen Moment Stille, dann atmete sie befreit auf.

»Mann, bin ich erleichtert.« …

»Ich weiß nicht, ob das eine gute Idee ist. Ich ruf dich zurück.« Sie legte auf und sagte:

»Er wurde entlassen ... wegen Mangel an Beweisen.« Ich starrte sie eine gefühlte Ewigkeit an, dann fragte ich.

»Was soll das heißen, wegen Mangel an Beweisen? Heißt das etwa …«

»Dass er es nicht gewesen ist«, beendete sie den Satz.

»Oder dass er seine Spuren gut verwischt hat«, entgegnete ich mit pochendem Herzen.

»Claire«, fing Vicky an, doch ich war bereits vom Bett aufgesprungen.

»Oh mein Gott. Er ist frei, er läuft frei herum und ich …«

»Jetzt beruhige dich. Wir wissen nicht, ob er es wirklich getan hat.«

»Aber wir wissen auch nicht, dass er es nicht war, oder?« Sie sah mich mitleidig an.

»Glaubst du wirklich, dass er es gewesen ist?« Ich sah sie mit großen Augen an und fragte beinahe hysterisch:

»Du etwa nicht?«

»Ich weiß nicht, ich ...«, stammelte sie.

»Ich kann auf keinen Fall weiter hier mit ihm wohnen. Wenn er auch nur einen Fuß hier reinsetzt …«, unterbrach ich sie flüsternd.

»Natürlich nicht. Ich rufe ihn an und sage ihm, dass er sich seine Sachen abholen soll.« Das beruhigte mich soweit, dass ich mich wieder aufs Bett plumpsen ließ, dennoch pochte mein Herz wie wild. Wenn Jason wieder auf freiem Fuß war, was hielt ihn dann davon ab, seine Tat zu beenden? Was, wenn er mir irgendwo auflauerte? Was, wenn er mir weiß sonst was antat, aus Rache, dass ich ihn ins Gefängnis gebracht hatte?

»Hey, ich bin sicher, dass sich die Sache aufklärt«, sagte Vicky zuversichtlich und ging hinaus, um mit Jason zu telefonieren. Eine halbe Stunde später kam sie zurück.

»Er kommt in einer Stunde vorbei und holt seine Sachen ab. Ich werde sein Zimmer schon mal ausräumen, damit er erst gar nicht reinkommen muss.«

Ich nickte und ließ mich ins Kissen sinken. Vicky schloss die Tür und während ich ihr beim Packen lauschte, fragte ich mich, wie mir das alles nur hatte passieren können? Ich war doch nur hergekommen, um zu studieren, aber seit ich Jason kannte, war mein Leben ein einziges Chaos.

Ich sollte meine Eltern anrufen, schoss es mir durch den Kopf. Eigentlich hatte ich sie schon am selben Abend anrufen müssen, aber ich konnte nicht.

Ich wollte nicht, dass sie sich Sorgen machten und eigentlich war ja auch nichts weiter passiert. Taylor und die anderen hatten das Schlimmste verhindern können und wie ich meine Mom kannte, würde sie alles stehen und liegen lassen, um herzukommen - das wollte ich nicht.

***

Genau eine Stunde später klingelte es an der Tür und ich richtete mich kerzengrade im Bett auf. Ich hatte Vicky schon eine Weile nicht mehr im Flur herumhantieren hören. Offenbar hatte sie sein Zimmer im Eiltempo ausgeräumt. Mit leisen Schritten tippelte ich zur Tür und öffnete sie einen Spalt breit.

Weil ich aber nur leises Murmeln vernahm, schlich ich die Treppe hinunter und drückte mich an die Wand.

»Wie geht's dir?«, hörte ich Vicky fragen.

»Was glaubst du wohl?«, fragte Jason, jedoch ohne seinen typisch sarkastischen Ton.

»Ist sie da?«, fragte er. Vicky sagte nichts, deshalb vermutete ich, dass sie nickte.

»Kann ich sie sprechen?« Ich zuckte zusammen und war schon mit einem Fuß auf der Treppe, als sie sagte:

»Das ist keine gute Idee.«

»Vicky! Weißt du, wie ich mich fühle, weißt du, dass ich die letzten Tage durch die Hölle gegangen bin?«, fragte er aufgebracht.

»Ich weiß. Ich weiß, aber ... lass ihr ein bisschen Zeit. Sie wird auf dich zukommen, wenn sie bereit dazu ist.« Er schnaubte verärgert, erhob aber keine weiteren Einwände. Dann war es kurz still und sie sagte:

»Tut mir leid, dass ich dich vor die Tür setzen muss, aber ich kann ihr das nicht antun.« »Schon gut. Ich suche mir einfach ein Hotel«, antwortete er. Ein Reißverschluss wurde zugezogen.

»Und wenn du Geld für das Hotel brauchst, sag Bescheid, ja?«, sagte sie. Er schnaubte.

»Die zwei Wochen komme ich schon klar.« Dann schloss sich die Tür und ich trat um die Ecke. Ich beobachtete Vicky, wie sie ihre Stirn an die Tür lehnte und einen Moment so verharrte, dann machte ich mich mit einem Räuspern bemerkbar. Sie zuckte zusammen und drehte sich mit einem Lächeln zu mir um, von dem ich nicht sagen konnte, ob es aufrichtig war oder nicht.

Seinen besten Freund vor die Tür zu setzen, war sicher nicht leicht für sie. Vor allem nicht, wenn sie von seiner Unschuld überzeugt war. Ich wünschte, ich wäre genauso zuversichtlich wie sie, doch ich konnte die Tatsache nicht ignorieren, dass er mir den Drink spendiert und auf mir gelegen hatte, als ich zu mir gekommen war. Gott, jetzt machte mein ganzes Benehmen auch Sinn.

Ich hatte mich nach dem Manhattan ganz high gefühlt und so lasziv mit Taylor getanzt, dass er das Weite suchen musste. Und dann, so erinnerte ich mich nun, hatte ich mit Jason getanzt und meine Umgebung dabei ganz vergessen.

Nein, es musste Jason gewesen sein. Die Indizien waren einfach zu eindeutig, zumindest für mich. Ich seufzte und setzte mich zu Vicky an den Tisch. Dann beobachteten wir gemeinsam, wie Jason in seinen schwarzen Wagen stieg und davonbrauste.

»Danke«, sagte ich zu ihr. Sie zog eine Grimasse.

»Das war doch selbstverständlich und du kennst ja unser Motto: Nichts geht über die Familie.«

»Aber ich sehe auch, wie du leidest und das tut mir leid. Ich wünschte, ich könnte dasselbe denken, aber ...«

»Schon okay, wirklich. Ich bin sicher, dass sich das Ganze als riesen Missverständnis entpuppen wird und wer weiß, vielleicht werden wir irgendwann sogar alle drüber lachen?« Das hoffte ich, das hoffte ich wirklich.

Kapitel 10

In der Uni war nichts von Jason zu sehen, dafür wurde ich von wildfremden Menschen angesprochen, die die Ereignisse aus erster Hand geschildert haben wollten. Was sollte das? Nahm denn hier niemand Rücksicht auf meine Gefühle? Als ob ich nichts Besseres zu tun hätte, als die schreckliche Nacht immer und immer wieder Revue passieren zu lassen!

»Ignorier die Blicke einfach«, raunte mir Taylor zu, als wir über das Unigelände schritten. Er und Vicky brachten mich seit einer Woche zur Schule und holten mich auch wieder ab und das nicht etwa, weil ich sie darum gebeten hatte.

Sie dachten wohl, ich sei noch traumatisiert und traue mich nicht alleine aus dem Haus, dabei war das gar nicht so. Ich traute mich durchaus vor die Tür und außerdem glaube ich kaum, dass mich

Jason mitten am Tag belästigen würde. Nein, ich hatte kein Trauma, vielmehr missfiel es mir, in der Uni zu sein.

Ich fand es lieb von Taylor, dass er regelmäßig sein Training für mich sausen ließ oder aufschob, nur um mich nach Hause zu begleiten, doch nach eineinhalb Wochen scheuchte ich ihn wieder zu seinem Team zurück.

Ich konnte nicht zulassen, dass er seinen Sport vernachlässigte, nur damit ich mich nicht unwohl fühlte - das wäre nicht fair. In der Zwischenzeit hatte ich auch einen Brief von der Polizei bekommen, dass ich Anzeige gegen Unbekannt erstatten könne, aber was würde das bringen?

Wenn derjenige, den ich verdächtigte, schon wegen Mangel an Beweisen freigelassen wurde, dann würde man jemand anderen sicher nicht mehr dafür belangen können.

Zwei Wochen später hatte ich Jason noch immer nicht zu Gesicht bekommen, dafür hielt ich mich über Vicky auf dem Laufenden. Er besuchte die Uni nur noch selten und holte den Stoff hauptsächlich online nach – was ihm als Genie nicht schwerfallen dürfte.

Es ging ihm aber auch nicht sonderlich gut und Vicky traf sich alle zwei Tage mit ihm, doch ich konnte kein richtiges Mitleid für ihn aufbringen.

Solange man mir nicht das Gegenteil beweisen konnte, war Jason für mich der Täter und für den hatte ich nun wirklich kein Mitgefühl übrig.

***

Ich hatte gerade einen Stapel Bücher in die Bibliothek gebracht, als ich eine Nachricht von Taylor bekam. *Möchtest du heute Abend mit mir essen gehen?* Ich grinste und schrieb *sehr gerne* zurück.

Einige Sekunden später piepte mein Handy wieder auf. *Ich hol dich um sechs ab.* Gutgelaunt schloss ich meinen Spind auf und zuckte zusammen, als neben mir ein Student gegen den Schrank krachte.

Er war von seinem Kumpel geschubst worden, wohl aus Spaß und gemeinsam liefen sie feixend den Gang hinunter.

Ich schüttelte den Kopf und fragte mich, ob ich nicht in der High-School gelandet war und man einfach heimlich das Namensschild des Gebäudes vertauscht hatte? So kam es mir manchmal zumindest vor. Ich wollte mich wieder meinem Spind widmen und gerade den Blick abwenden, als ich Jason auf mich zukommen sah und mein Herz gefror. *Oh Gott, er hält direkt auf mich zu!*, dachte ich panisch.

Aber was wollte er? Mit geweiteten Augen tat ich, als würde ich in meinem Spind herumkramen, tatsächlich konnte ich aber kaum einen klaren Gedanken fassen. Wollte er mich zur Rede stellen oder wollte er mir etwas antun?

Das war das erste Mal, dass ich ihn zu Gesicht bekam, seit er wieder auf freiem Fuß war und der Schweiß stand mir auf der Stirn. Als er mich jedoch immer noch nicht ansprach, denn mittlerweile hätte er mich längst erreichen müssen, blickte ich verstohlen auf. Er war weg. Ich spähte über die Schulter und sah ihn gerade noch in den Lesesaal verschwinden. Da atmete ich erleichtert auf und während ich meinen Schrank abschloss, fragte ich mich, ob er mich übersehen oder absichtlich gemieden hatte?

Doch so oder so, ich konnte nicht jedes Mal eine Panikattacke bekommen, wenn ich ihn sah! Er war nun mal wieder auf freiem Fuß und er ging auf meine Uni, damit musste ich mich abfinden und das würde bestimmt nicht das letzte Mal sein, dass ich ihm begegnete.

Das Leben ging weiter, ob er schuldig war oder nicht und offenbar traute er sich nun wieder vor die Tür.

Kapitel 11

Zwanzig Minuten vor sechs hatte ich mein Kleid immer noch nicht gefunden und wirbelte aufgeregt in der Wohnung umher.

»Gott Claire, jetzt beruhige dich doch mal!«, meckerte Vicky, die sich wegen mir nicht auf ihren Lernstoff konzentrieren konnte.

»Beruhigen? Taylor kommt gleich und ich finde dieses verdammte Kleid nicht!«

»Ähm, dann nimm ein anderes?«, schlug sie sarkastisch vor, als ich vor lauter Verzweiflung in ihrem Schrank kramte.

»Ich will aber kein anderes, ich will das! Und du als Frau müsstest wissen, dass man kein anderes nehmen kann, wenn man bereits ein Outfit im Kopf hat.«

»Du, bei mir brauchst du nicht gucken«, sagte sie ungerührt, als ich ihre Kleiderstange durchging.

»Auf deine Sachen würde ich nur zurückgreifen, wenn ich ins Kloster gehen wollte«, sagte sie und lachte über ihren eigenen Witz. Ich wollte gerade eine freche Antwort geben, welche das Wort Puff und Nutte enthielt, als ich mein Kleid entdeckte.

»Aha!«, rief ich laut und hielt es ihr vor die Nase.

»Und was ist das hier?« Sie lachte und hob abwehrend die Hände.

»Ich schwöre, ich weiß nicht, wie das da reingekommen ist.«

»Schon klar«, sagte ich und eilte in mein Zimmer, um mich umzuziehen. Als ob ich nicht wüsste, dass sie sich ab und an das ein oder andere Teil von mir ausborgte. Vicky tat immer, als würde ich in hüllenden Gewändern herumrennen, aber wenn es um ein frisches Date ging oder darum, nett ins Kino zu gehen, waren selbst ihr die schrägen Outfits zu viel und sie bediente sich an meiner Garderobe. Alles kein Problem … wenn sie die Sachen auch wieder zurückhängte!

***

Ich hatte erwartet, dass wir wieder ein feines Restaurant besuchen und mich auch dementsprechend gekleidet, doch als Taylor den Jeep vor dem bekanntesten Taco Laden der Stadt parkte, grinste ich überrascht.

»Also jetzt bin ich beeindruckt«, sagte ich und stieg aus. Er schmunzelte und sagte:

»Du hast dich bei unserem letzten Essen so unwohl gefühlt, dass ich umgerüstet habe. Außerdem ist es viel gemütlicher hier.« Damit legte er mir eine Hand auf den Rücken und führte mich hinein. Ich mochte diesen Taco Laden, war aber nicht oft hier, weil er am anderen Ende der Stadt lag und ich mit meiner alten Klapperkiste nicht so weit fahren wollte.

Außerdem mochte Vicky die mexikanische Küche nicht sonderlich, ließ sich somit also nur selten dazu überreden. Demnach hätte Taylor also kein besseres Lokal aussuchen können. Wir ließen uns an einen gemütlichen Tisch führen und studierten die Speisekarte, brauchten aber nicht annähernd so lange wie bei unserem letzten Essen. Das lag einerseits daran, dass ich mit den Gerichten vertraut war und andererseits, weil ich schon wusste, was ich wollte, seit ich das Lokal betreten hatte. Wir gaben unsere Bestellung auf und während wir darauf warteten, alberten wir herum.

»Du fühlst dich hier wirklich wohl«, stellte er nach einer Weile fest und betrachtete mich schmunzelnd.

»Ich meine, du gehst ja richtig auf hier drin.«

»Sag ich ja, ich mag eben keine gehobenen Gaststätten. Hier fühlt man sich doch viel freier.« Er grinste, doch etwas an seinem Blick war anders, ich konnte es nur nicht einschätzen.

»Also, womit habe ich diese Ehre verdient?«, fragte ich und deutete auf das Essen, das soeben serviert wurde.

»Naja, ich habe mir gedacht, als meine … Freundin möchtest du vielleicht mal was anderes unternehmen, als nur zu Hause rumzusitzen und Trübsal zu blasen.« Ich hätte mich beinahe an dem Bissen verschluckt und sah ihn mit großen Augen an.

»Deine … Freundin?«, wiederholte ich.

»Nur, wenn du möchtest, natürlich.« In der nächsten Sekunde wirkte er verunsichert, was wohl meinem dümmlichen Gesichtsausdruck zu verdanken war. Aber ich war einfach zu überrascht.

»Ich … ja, ja auf jeden Fall. Ich bin nur … etwas überrascht.« Er zuckte die Schultern und stocherte in seinem Essen herum.

»Ich habe dir ja gesagt, dass ich mit dir zusammen sein will und der Einzige, der uns im Weg stand, war Jason.« Er sah auf und schaute mir tief in die Augen.

»Das willst du doch auch, oder?« »Ja, ich … entschuldige. Ich bin nur so überrumpelt … im positiven Sinne.« Das ließ ihn aufatmen und er schenkte mir sein berühmtes Lächeln.

»Hätte ich dich lieber fragen sollen, ob du mit mir gehen willst?« »Oh Gott, bloß nicht«, sagte ich und verschluckte mich vor lauter Lachen an meinem Getränk.

***

Ich kam erst spät nach Hause, was daran lag, dass wir uns verquatscht hatten und so lange im Lokal gesessen hatten, dass uns der Inhaber höflich, aber bestimmt hinausbeten musste.

Vor meiner Haustür hatten wir uns dann geküsst und es war genauso, wie ich es mir, seit ich ihm das erste Mal begegnet war, erträumt hatte. Taylor war ein außerordentlich guter Küsser und er hatte unglaublich weiche und warme Lippen.

Wir hatten bestimmt zehn Minuten vor der Tür gestanden und uns nicht voneinander lösen können. Anschließend hatten wir uns auf die Bank vor Vickys Haus gesetzt und stundenlang geredet. Und obwohl ich von Minute zu Minute müder wurde, hatte ich mich nicht von

Taylors warmer Umarmung und beruhigender Stimme loseisen können. Schließlich hatte er mich mit einem sanften Kuss ins Haus gescheucht und mir versprochen, mich morgen früh abzuholen.

Gott, mein Körper kribbelte schon, wenn ich nur an unseren Kuss dachte!

Als ich die Wohnungstür aufgeschlossen hatte, schlief Vicky bereits, so dass ich mich einfach in mein Bett fallen lassen und süß träumen konnte. Und meine Träume waren ja so was von süß!

Kapitel 12

Am nächsten Tag lief ich gut gelaunt an den Frühstückstisch und ließ mich mit einer Schüssel Cornflakes neben Vicky plumpsen. Ich schmunzelte die ganze Zeit über vor mich hin, so dass mir Vicky ab und an verstohlene Blicke zuwarf. Irgendwann legte sie genervt ihren Löffel weg und verschränkte die Arme vor der Brust.

»Okay, Grinsebacke, was ist los?«, wollte sie wissen. Ich zuckte unschuldig die Schultern.

»Gar nichts«, sagte ich, konnte mir das Grinsen aber nicht verkneifen.

»Du bist gestern erst nach eins nach Hause gekommen, es kann also kaum *gar nichts* passiert sein!« Ein Auto hupte und wir sahen beide aus dem Fenster. Dort stand Taylor mit seinem gelben Jeep und winkte uns aus dem Auto heraus zu. Ich stand auf, legte die Schüssel ins Waschbecken und warf mir meine Jacke über.

»Seit wann holt er dich denn morgens ab?«, fragte sie neugierig und folgte mir zur Tür.

»Hey, du kannst mich hier doch nicht kommentarlos stehen lassen! Ich sterbe vor Neugierde«, sagte sie gequält, als ich meine Tasche über die Schulter warf. Ich drehte mich mit einem schelmischen Grinsen zu ihr um.

»Na gut, aber erzähl es nicht weiter«, flüsterte ich verschwörerisch, in dem Wissen, dass es ab morgen die ganze Stadt wissen würde.

»Taylor und ich sind zusammen.« Damit ließ ich die vollkommen perplexe Vicky im Eingang stehen und sprang in seinen Wagen.

»Und? Ist sie umgefallen?«, fragte Taylor, als ich die Tür zugezogen hatte und gab mir einen innigen Kuss.

»Das nicht, aber die Nachricht wird sich wie ein Lauffeuer verbreiten«, sagte ich grinsend und schnallte mich an. Er zuckte die Schultern und gab Gas.

»Naja, das spart uns eine Menge Arbeit. So müssen wir es nicht jedem einzeln erzählen.« Während wir zur Uni fuhren, malten wir uns die Gesichter unserer Freunde aus und noch eh ich das Gelände betreten hatte, blinkten schon fünf neue Nachrichten von Vicky auf meinem Handy auf. Ich ignorierte sie und drückte ihren Anruf weg. Es war einfach zu köstlich, die Klatschtante Nummer eins zappeln zu lassen.

Taylor und ich verabschiedeten uns vor der Uni und gingen jeder in seine Vorlesung und auch währenddessen bombte Vicky mich mit Nachrichten zu. Als mein Handy zum gefühlt hundertsten Mal vibrierte, zog ich es unauffällig aus der Hosentasche und sah auf den Bildschirm. *Wollen wir heute nach Hause spazieren? Es ist so tolles Wetter.* Ich musste so laut lachen, dass sich einige im Saal verwundert nach mir umsahen, auch der Professor. Vicky und spazieren? Es war einfach zu komisch, dass sie mich mit diesem durchschaubaren Vorwand ködern wollte. Als ob ich nicht ganz genau wüsste, was sie von mir wollte.

Dennoch sagte ich zu.

Wenn ich sie nämlich noch länger zappeln ließ, wäre das nicht gut für ihre Gesundheit und sie würde vor Neugierde platzen. Das wollte ich natürlich nicht verantworten, also trafen wir uns nach der Uni und ich schilderte ihr jede Einzelheit des gestrigen Abends.

***

»Und sag schon, habt ihr es endlich getrieben?«, fragte Vicky neckisch und stupste mich mit dem Ellenbogen an. Zwei Wochen waren seit der frohen Kunde vergangen und seitdem löcherte sie mich fast jeden Tag.

Ich verdrehte genervt die Augen.

»Du bist echt widerlich, weißt du das? Es gibt noch andere Dinge außer Sex in einer Beziehung«, versuchte ich ihr beizubringen. Aber wem erzählte ich das?

»Jaja, reg dich ab und nun sag schon«, drängte sie ungerührt weiter.

»Natürlich haben wir noch nicht miteinander geschlafen! Wir sind doch gerade mal zwei Wochen zusammen, du Schwein!« Sie verdrehte die Augen und stöhnte sichtlich enttäuscht.

»Gott, bist du langweilig. Und ich hatte mich schon auf eine heiße Story gefreut.« Ich schüttelte den Kopf und warf ihr einen Seitenblick zu.

»Glaub mir, wenn es soweit ist, erfährst du es zuerst.« Das war spöttisch gemeint, doch entweder war mein Unterton nicht deutlich genug gewesen oder sie überhörte ihn absichtlich, denn sie verlangte alle Einzelheiten, wenn es soweit war.

»Natürlich«, versprach ich und kreuzte im Geheimen die Finger, doch Vickys Fragen waren nicht einmal die leidigsten Nebenwirkungen meiner neuen

Partnerschaft, sondern die Blicke und das Getuschel meiner Mitstudenten. Plötzlich sprachen mich wildfremde Frauen an und wollten etwas mit mir unternehmen, andere, von denen ich vorher nie gehört hatte, verbreiteten Gerüchte über mich und dann war da noch Taylors Exfreundin Kate, die mich mit ihren Blicken zu töten versuchte.

Es war wohl ein Segen und Fluch zugleich, mit dem Uniliebling zusammen zu sein, denn noch nie in meinem Leben hatte ich so viele Freunde und Feinde gehabt. Hatte ich eigentlich schon mal erwähnt, dass ich mich wie in der High-School fühlte?

Doch obwohl so viel Aufsehen um uns gemacht wurde, ließen Taylor und ich uns nicht großartig daran stören und genossen unsere Zweisamkeit.

Hach, wie ich das vermisst hatte, in einer Beziehung zu sein. Die Anfangszeit war einfach die Schönste.

Man sah sich verliebt an, hatte ständig Bauchkribbeln, wenn man sich berührte und man bekam einfach nicht genug voneinander. Und was ich ganz besonders an Taylor schätzte: er drängte mich zu nichts.

Er wollte weder mit mir ins Bett noch mich großartig begrabschen.

Okay, schlafen wollte er schon mit mir, ich war ja nicht blind, aber er überließ mir den ersten Schritt und das war heutzutage leider eine seltene Tugend.

Und seien wir mal ehrlich: Ich hatte so lange keinen Sex mehr gehabt, dass ich schon gar nicht mehr wusste, wie das ging.

Ich vermisste es also nicht gerade. Auch bei unseren Freunden kam unser Zusammensein gut an und nun, da das Kapitel Jason endlich abgeschlossen war, hielt selbst Lynn mir keine Vorträge mehr und beglückwünschte uns sogar.

Genauso hatte ich mir das immer vorgestellt.

Einen vertrauensvollen Freund, eine schöne Uni-Zeit und jede Menge Spaß mit meinen Freunden. Ich war der glücklichste

Mensch der Welt und nicht einmal meine immer häufigeren Begegnungen mit Jason, der sich nun immer öfter in die Uni traute, konnten einen Schatten über meine gute Laune legen.

Kapitel 13

Zwei Wochen später hatte die Aufregung um unsere Beziehung nachgelassen, so dass man das Unigelände wieder betreten konnte, ohne sich unzähligen Blicken ausgesetzt zu fühlen.

Ich packte meine Arbeitskleidung und eine Wasserflasche ein und machte mich auf den Weg zur Boutique. Heute musste ich Spätschicht schieben, hatte die nächsten Tage aber dafür frei – zum Glück, denn es stand eine wichtige Hausarbeit bevor.

Den Wagen parkte ich an der üblichen Stelle, vor der Gasse, auch wenn ich diese nicht sonderlich leiden konnte. Abends glaubte ich dort nämlich immer, dunkle Gestalten entlanghuschen zu sehen, was wohl einfach daran lag, dass ich zu viele Horrorfilme schaute.

Doch wenn ich nach dem Feierabend keine halbe Weltreise zu meinem Auto machen wollte, denn wie üblich waren um diese Uhrzeit schon alle Parkplätze zugestellt, musste ich, mich eben mit der dunklen Gasse begnügen.

Wie üblich, wenn ich Spätschichten schob, klatschte ich mich mit meiner Chefin und Inhaberin Juliette ab und wünschte ihr einen schönen Feierabend. Und da heute nicht viel los sein würde, packte ich meine Schulsachen schon einmal unter den Verkaufstresen und machte mich ans Aufbügeln der Neuware.

***

Die Bilanz des Abends fünf Stunden später: Drei Kunden und nur eine verkaufte Tasche.

Dafür kreisten Unmengen an Fakten griechischer und römischer Geschichte in meinem Kopf herum, die morgen noch in ordentlichen Sätzen zu Papier gebracht werden wollten. Aber darum würde ich mich am kommenden Nachmittag kümmern. Der heutige Abend hatte allein der Recherche und Archivierung gedient. Pünktlich um 21 Uhr schaltete ich die Lichter aus und schloss das Geschäft ab. Dann lief ich mit schnellen Schritten durch die spärlich beleuchtete Gasse und fischte dabei meinen Autoschlüssel aus der Handtasche.

Ich summte leise vor mich hin, was ich immer tat, wenn ich hier entlang lief, doch dann sah ich, dass ich nicht länger alleine war. Eine dunkle Gestalt ragte vor mir auf und als sie ins Licht der schwach leuchtenden Straßenlaterne trat, erstarrte ich.

»Jason«, sagte ich alles andere als gelassen und sah mich unauffällig nach einem Fluchtweg um. Ich nahm zwar wieder Boxunterricht, glaubte aber nicht, dass ich auch nur den Hauch einer Chance gegen Jason hätte, wenn ich mich mit ihm anlegte. Also musste ich flüchten, doch er hatte mich an einer denkbar ungünstigen Stelle erwischt.

Wenn er mir etwas antun wollte, war das genau der richtige Ort, denn ich würde niemals schnell genug rennen können, um mir einen Vorsprung zu verschaffen und die drei Sicherheitsschlösser des Geschäftes aufzuschließen. Ich wich automatisch zurück und er folgte mir, jedoch mit erhobenen Händen.

»Komm schon, Claire, du glaubst doch nicht immer noch, dass ich es war«, sagte er halb beleidigt, halb belustigt, doch mir war ganz und gar nicht zum Lachen zumute. Das hier war nun wirklich nicht der richtige Ort, um Witze zu reißen, vor allem in seiner Position!

»Ich weiß, was ich gesehen habe«, erwiderte ich und konnte mir nur mit Mühe verkneifen, einen weiteren Schritt zurückzuweichen.

Es hätte nichts gebracht, er wäre mir einfach gefolgt.

»Eine vermummte Gestalt in schwarzen Sachen, richtig, und da ich natürlich der

Einzige im ganzen Universum bin, der sich dunkel kleidet, hast du sofort mich verdächtigt.« Okay, jetzt war er beleidigt.

»Ich stand unter Drogen, Jason. Was soll ich denn davon halten, wenn ich halbwegs wieder klar im Kopf werde und dich auf mir vorfinde?«, zischte ich aufgebracht. Verdammt, ich musste mich zügeln. Wenn er wirklich der Täter war, sollte ich Ruhe bewahren und ihn nicht auch noch provozieren.

Ich atmete tief durch und wartete seine Erklärung ab. Er biss wütend die Kiefer zusammen, dann sagte er:

»Ich habe dich gerettet, verdammt, warum willst du das nicht begreifen? Als ich Schreie gehört habe, bin ich in den Wald gerannt und habe dieses Schwein von dir runtergezogen. Ich wollte ihn verprügeln, glaub mir, ich wollte ihn tot sehen, aber du sahst aus, als würdest du nicht atmen und da habe ich dich vorgezogen.

Und während ich dich wachgerüttelt habe, ist der Typ natürlich abgehauen.« Ich sah skeptisch zu ihm auf.

»Und du warst in diesem Moment natürlich zufällig draußen.« Ich verschränkte die Arme vor der Brust und versuchte locker zu wirken, tatsächlich rechnete ich aber jeden Moment mit einem Angriff. Ich musste hier irgendwie weg!

»Ich war *einen* rauchen, verdammt, wenn du weißt was ich meine.

Das konnte ich wohl kaum im Club tun, oder? Und warum verdächtigst du mich überhaupt? Bryan und Zac haben ebenfalls schwarze Sachen getragen, aber die beiden zweifelst du nicht an.« Während er sprach, wurde er wütend. Ich sah es an seinen Augen, die mit jedem Wort mehr zu funkeln schienen.

Sein Blick drohte mich in die Knie zu zwingen, doch seine letzten Worte waren reine Provokation und machten mich ebenfalls wütend. Diese half, die aufkeimende Angst einzudämmen und ich brachte sogar ein sarkastisches Schnaufen zustande.

»Die beiden ...«, ich biss mir auf die Zunge. Nein, das konnte ich nicht sagen.

»Was ist? Was ist mit den beiden?«, drängte Jason mit gezogenen Brauen und packte mich am Arm, als wolle er mich schütteln. Ich riss mich los und alle Wut, Angst und Verwirrung der letzten Wochen brach aus mir heraus.

»Die beiden rennen mir aber auch nicht schon seit Wochen hinterher und nerven mich rund um die Uhr! Du bist wie ein lästiger Parasit, Jason, den man einfach nicht los wird und egal, wie oft ich es dir noch sage, du lässt einfach nicht locker. Ich verstehe es nicht.

Bist du nur zu arrogant, mich Taylor zu überlassen, weil ich dich abgewiesen habe oder bist du einfach verzweifelt?«

Ich sprach so schnell, dass sich meine Worte beinahe überschlugen und hatte vor lauter Angst und Wut kaum noch Kontrolle über sie.

»Ich will nicht mit dir zusammen sein, Jason, und ich will, dass du mich verdammt nochmal in Ruhe lässt! Du machst mich krank und nebenbei bemerkt, glaube ich dir kein Wort.
Für mich bist du der Täter, also halt dich ab sofort von mir fern, sonst lasse ich eine einstweilige Verfügung gegen dich erheben.«

Ich atmete, als wäre ich drei Runden um den Block gerannt, Jason war dagegen zur Salzsäule erstarrt. Ich rechnete mit einer wütenden Antwort, weiteren Entschuldigungen oder höhnischem Gelächter, aber sicher nicht mit dem, was er als nächstes tat. Er trat mit versteinerter Miene zur Seite und sagte:

»Gut, dann werde ich dich nicht länger belästigen.« Ich starrte ihn ungläubig an. War das eine Falle? Ein Test? Langsam lief ich an ihm vorbei, den Blick auf sein Gesicht geheftet, als wäre er eine giftige Schlange, die jeden Moment zuschnappte.

»Offenbar brauchst du diese Vorstellung, um dich bei Taylor geborgen zu fühlen, also werde ich dir den Gefallen tun und von nun an wieder der Böse sein. Diese Rolle fällt mir ohnehin viel leichter.« Den letzten Satz begleitete er mit einem angedeuteten Lächeln, dann verschwand er und ließ mich zurück.

Ich stand bestimmt eine geschlagene Minute da und sah ihm hinterher, eh ich seine Worte verinnerlicht hatte. Dann ließ er mich also einfach so gehen? Er würde mich in keine Ecke schleifen und mich auch nie wieder belästigen?

Nachdem ich das und die Tatsache, dass ich noch heil war, begriffen hatte, setzte ich meinen Weg mit zitternden Beinen fort. Ich muss zugeben, dass ich nicht mit seiner Kapitulation gerechnet hatte und auch nicht wirklich wusste, wie ich mich nun verhalten sollte geschweige denn, was ich fühlte.

An diesem Abend lag ich noch lange im Bett und dachte über Jasons Worte nach, doch wie ich es auch drehte und wendete, ich wurde aus seinem Entschluss einfach nicht schlau.

Er hatte mir doch bestimmt nicht aufgelauert, nur um mich dann anstandslos ziehen zu lassen. Hatten ihn meine Worte wirklich so sehr verletzt, dass er es sich anders überlegt hatte oder spielte er mit mir?

Gott, wenn ich doch nur die Gewissheit hätte, dass er es wirklich gewesen ist, dann könnte ich mich entweder bei ihm entschuldigen oder ihn meiden.

Doch so hing ich vollkommen in der Luft und die Ungewissheit machte mich einfach nur fertig.

***

»Er hat dir auf der Straße aufgelauert? Oh Mann, der hat echt Sinn für Humor«, sagte Vicky spöttisch und goss uns Tee ein.

»Ich finde das nicht lustig«, sagte ich empört, weil sie nicht annähernd so schockiert darüber war wie ich. Offenbar hielt sie Jason wirklich für unschuldig.

»Hätte er mir das nicht am Telefon oder tagsüber sagen können? Was soll ich denn denken, wenn er mir in einer dunklen Gasse auflauert?«, meckerte ich weiter. Vicky kam zum Tisch, stellte die dampfenden Tassen ab und sah mich vorwurfsvoll an.

»Mal ehrlich, hatte er denn eine andere Wahl? Du ignorierst seine Anrufe, gehst ihm in der Uni aus dem Weg und immer wenn er herkommt und dich sprechen will, bist du plötzlich unheimlich beschäftigt oder schließt dich im Zimmer ein. Und außerdem, würde sich ein Schuldiger wirklich so verhalten wie Jason und nicht lieber froh sein, dass er aus der Sache raus ist? Jason will die Sache dagegen mehr als alles andere richtig stellen.«

»Vielleicht will er mich aber auch nur von seiner Unschuld überzeugen, weil ihm alle anderen dann wieder trauen würden«, gab ich ungerührt zurück.

Denn wenn erst einmal sein mutmaßliches Opfer bekehrt war, würden auch alle andere folgen. Ein gerissener Schachzug, das musste man ihm lassen und dem eines Genies würdig, dass er nun einmal war. Vicky seufzte und nahm einen vorsichtigen Schluck Tee. Ich sah ihr an, dass ihr etwas auf der Zunge lag.

»Was ist los? Spuck's aus«, forderte ich, doch sie schüttelte den Kopf.

»Nein, schon okay.« Doch ich konnte mir schon denken, was sie sagen wollte. Ich hatte den exakt selben Gesichtsausdruck schon bei Lynn gesehen.

»Ich weiß auch nicht, ich meine … an dem Tag war es dunkel und ...«

»Hey«, unterbrach ich sie, bevor sie noch weiter herumdruckste und tätschelte ihr besänftigend die Schulter.

»Ich erwarte nicht, dass du für mich Partei ergreifst.« Ich konnte mir vorstellen, dass die Situation auch schwierig für sie war und was wäre ich denn für eine Freundin, wenn ich sie vor die Wahl stellte?

»Jason ist dein bester Freund und du kennst ihn länger als ich. Und wenn du ihm glaubst, ist das in Ordnung für mich.

Schließlich darfst du glauben, was du willst.« Sie atmete sichtlich erleichtert auf.

»Danke, das ist unheimlich großzügig von dir. Es wäre schrecklich, zwischen dir und Jason wählen zu müssen.« Ich klopfte ihr auf die Schulter.

»Musst du nicht und jetzt lass einen Muffin rüberwachsen.«

***

In stummem Einvernehmen, Jason heute Abend nicht mehr zu erwähnen, verbrachten wir den restlichen Abend Muffin verputzend und fernsehschauend. Als ich am nächsten Morgen aufwachte und mich regte, bemerkte ich einen warmen Körper neben mir und wäre beinahe aus dem Bett gefallen.

Ich weiß nicht, ob es an meinem unruhigen Schlaf lag oder daran, dass ich mich allmählich von Jason verfolgt fühlte, aber mein erster Gedanke war Jason gewesen, der mich jetzt schon bis in mein Bett verfolgte. Gott, allmählich drehte ich wirklich durch! Nachdem der Film gestern zu Ende gewesen war, hatten wir uns in mein Bett verkrochen und bis in die Nacht hinein geschnattert, wie ich mich nun erinnerte.

Dabei war es jedoch nicht um Jason gegangen, sondern um Männer allgemein, Uni, Diäten und die Arbeit. Und auch wenn er, dessen Name nicht mehr genannt werden durfte, unerwähnt blieb, hing das Thema doch ständig in der Luft. Ich betrachtete Vickys blonden Schopf, der mir zugekehrt war und dachte über sie und Jason nach.

Man konnte meine Cousine für partysüchtig und durchgedreht erklären, aber naiv war sie nicht. Sie konnte die Menschen und vor allem Männer sehr gut einschätzen - was nicht zuletzt daran lag, dass sie gerne Kontakt zu letzteren pflegte - deshalb gingen mir ihre Worte nicht mehr aus dem Kopf. Aber konnte es wirklich sein?

Konnte ich Jason zu Unrecht beschuldigt haben? Ich strich mir die verklebten Haare aus dem Gesicht und schaute auf meine feuchten Handflächen. Offenbar hatte ich einen Alptraum gehabt, denn immer, wenn ich schlecht träumte, schwitzte ich.

Und auch wenn ich mich nicht mehr daran erinnern konnte, war es nicht schwer zu erraten, wovon der Traum gehandelt hatte. Gott, wenn ich Jason wirklich zu unrecht beschuldigt hatte, musste das schrecklich für ihn sein. Doch wie sollte ich die Wahrheit jemals herausfinden und was viel wichtiger war: Wer war dann der Täter, der noch frei herumlief?

Es war sieben Uhr morgens und eigentlich hatte ich an meinem seltenen freien Wochenende ausschlafen wollen, doch an Schlaf war nun nicht mehr zu denken – nicht mit dem neuen Gedanken, der in meinem Kopf herumgeisterte.

Ein völlig wahnwitziger Gedanke übrigens! Ich schlich lautlos aus dem Zimmer und setzte Wasser auf, dann sortierte ich die Wäsche, warf die

Waschmaschine an und goss mir schließlich Tee auf. Mit der Tasse und einer Kuscheldecke bewaffnet, ließ ich mich auf dem Sofa nieder und dachte nach - dabei wägte ich die Vor- und Nachteile meines Planes ab. Zugegeben, es war wahnwitzig und nicht gerade ungefährlich, aber ich brauchte die Gewissheit, ob sie mir nun gefallen würde oder nicht.

Ich hatte keine Lust mehr, Vermutungen über Jason anzustellen und mich vor ihm zu fürchten, wenn er vielleicht gar nicht der Schuldige war und zugegeben, tief im Innern hoffte ich wohl auch, dass er es nicht war, auch wenn er mir das Gegenteil an den Kopf geworfen hatte. Ich würde also nach Antworten suchen und die bekam ich nur an einem Ort.

Kapitel 14

Ich pickte mir ungeduldig mit dem Kugelschreiber in die Wange und ließ die Lesung über mich ergehen. Ein Blick auf die Uhr sagte mir, dass erst drei Minuten seit meinem letzten Blick vergangen waren. Gott, das war ja nicht auszuhalten und dabei hatte ich noch zwei weitere Lesungen vor mir!

Ich brannte geradezu darauf, meinen Plan in die Tat umzusetzen, doch da das ohnehin erst am Abend gehen würde, musste ich mich bis dahin in der Uni quälen.

Und ich quälte mich, Minute für Minute, Lesung für Lesung. Als ich eine Ewigkeit später aus der letzten Besprechung kam, war ich total aufgekratzt und merkte gar nicht, wie ich in Taylor hineinlief.

»Vorsicht, Schatz«, sagte er schmunzelnd und fing mich mit einem gierigen Kuss auf, doch ich erwiderte ihn nur halbherzig - meine Gedanken waren völlig woanders.

»Wo willst du denn so schnell hin? Dachtest du, ich renne dir weg?«, fragte er belustigt und hob die Tasche auf, die mir bei unserem Zusammenprall von den Schultern gerutscht war.

»Äh nein, ich … Juliette hat angerufen, ich muss heute die Spätschicht übernehmen und danach haben wir Inventur«, log ich. Im nächsten Moment war ich entsetzt über mein Verhalten. Hatte ich meinen Freund gerade wirklich belogen?

»Dann verschieben wir den Fernsehabend eben«, sagte er und gab mir einen Kuss auf die Stirn. Kein Gejammer, keine Fragen. Er war wirklich zu gut für mich!

»Komm, ich bring dich noch zum Auto«, schlug er vor, warf sich meine Tasche um die Schulter und umarmte mich.

So liefen wir durch das Unigelände, die eifersüchtigen Blicke der Damen ignorierend. Manchmal fragte ich mich, ob

Taylor überhaupt merkte, wie ihm alle hinterhergafften oder ob er wirklich so unvoreingenommen war und nicht wusste, welche Wirkung er auf andere ausübte? Im Gegensatz zu Jason ließ er sich seine Überlegenheit wenigstens nicht anmerken, was ihn weitaus sympathischer machte. Verdammt.

Dachte ich gerade wirklich an Jason, während ich in den Armen meines Freundes war? Ich versenkte meine Nase an Taylors Hals, um seine Wärme und seinen Duft einzusaugen … und um meine Gedanken an Jason zu verdrängen. Es funktionierte, allerdings nur so lange, wie ich bei ihm war, denn kaum hatte er mich verabschiedet und ich mich auf den Weg gemacht, meldete sich mein schlechtes Gewissen zurück.

Ich hatte Taylor belogen und das für jemanden, der mir eigentlich gestohlen bleiben sollte. Was sagte das über mich aus? Drehte ich jetzt vollkommen durch? Anstatt zur Arbeit zu fahren, fuhr ich also nach Hause, um an meiner Hausarbeit zu schreiben. Ich musste ohnehin noch einige Stunden totschlagen und die nutzte ich lieber fürs Lernen.

Hätte ich mich nicht beschäftigt, hätte ich nämlich ununterbrochen an mein Vorhaben gedacht und den Schwanz eingezogen und das durfte nicht passieren.

Ich musste es heute machen, andernfalls würde mich meine Entschlossenheit verlassen. Als ich in die Einfahrt fuhr, parkte Vickys Auto bereits, doch sie war zum Glück so beschäftigt, dass sie keine großen Fragen stellte.

Ich fand sie lernend in ihrem Zimmer vor, teilte ihr mit, dass ich heute Abend auf Arbeit sein musste und verschwand in meinem Zimmer.

Sie nickte nur abwesend und beugte sich wieder über ihre Unterlagen. Meinem Vorhaben stand also nichts mehr im Weg.

Kapitel 15

Die Fahrt zum Club war eine Zerreißprobe für meine Nerven, denn je näher ich meinem Ziel kam, desto mehr Zweifel machten sich in mir breit. Sollte ich wirklich auf eigene Faust handeln und für den unwahrscheinlichen Fall, dass ich den Täter fand und sich herausstellte dass es nicht Jason war, wie sollte ich ihn dann überwältigen?

Ich fuhr mit dem Bus und später mit dem Taxi zurück, denn für diesen Monat hatte ich leider schon meinen Sprit verbraucht. Mein alter Volvo fraß nämlich unheimlich viel Benzin und um nicht allein für die Tankkosten arbeiten zu gehen, setzte ich mir ein monatliches Limit – welches leider schon aufgebraucht war.

Um mein Outfit vom letzten Mal möglichst zu imitieren, kramte ich in meinem Schrank nach einem roten

Oberteil. Das andere hatte ich mir damals von Vicky geborgt, doch weil ich jetzt unmöglich an ihren Kleiderschrank gehen konnte, musste ich mit der Alternative vorlieb nehmen.

Diese war zwar weniger aufreizend, aber etwas Besseres hatte ich nun mal nicht. Ich zog also wieder meine schwarze hautenge Stretchhose an, das rote Top und die bequemen, nicht allzu hohen Absatzstiefel. Ich hoffte, dass ich den Täter damit anlocken konnte, wer auch immer er sein mochte. Ich gab dem Fahrer das Taxigeld, stieg aus und reihte mich in die lange Schlange ein.

Diese zeigte mir, dass der Club heute wieder brechend voll war, so dass es schwierig werden würde, überhaupt auf sich aufmerksam zu machen.

Als ich eine halbe Stunde später bis zu den Türstehern vorgerückt war und meine Handtasche durchleuchtet wurde, bekam ich allerdings Zweifel und ich fragte mich, was ich hier eigentlich tat? Hierher zu kommen, war eine Schnapsidee gewesen, denn wie kam ich darauf, dass der Täter ausgerechnet heute anwesend sein würde? Doch bevor ich weitere Bedenken äußern konnte, schob mich der Türsteher auch schon hinein.

Ich wurde von lauter Musik, zuckenden Deckenlichtern und tanzenden Menschen empfangen und spürte meinen Mut mehr und mehr sinken. Es war voll. Es war einfach zu voll, um Aufmerksamkeit zu erregen, doch ich hatte eine halbe Stunde angestanden und wenn ich schon mal hier war, konnte ich mich genauso gut umsehen.

Es würde ohnehin auffallen, wenn ich jetzt nach Hause zurückkehrte. Es wunderte mich, dass um diese Uhrzeit schon so viele Gäste anwesend waren, aber das sollte ja normal im *Cäsar* sein.

Als allererstes nahm ich mir den Bereich vor, indem mir der Täter oder Jason, je nachdem, das Mittel untergejubelt hatte. Der Täter oder Jason. Ich konnte mich immer noch nicht entscheiden, welche Variante glaubwürdiger war. Ich meine, wie sollte ein anderer außer Jason es geschafft haben, mir das Mittel zu verabreichen?

Ich war nicht dabei gewesen, als er den Drink bestellte. Er hatte sich einfach zu mir gesetzt und ihn mir vor die Nase gestellt. Andererseits war Jason auch nicht lange geblieben und so oft, wie ich mich nach Taylor umgesehen hatte, hätte man mir leicht und unauffällig etwas unterjubeln können.

»Entschuldigung. Ist der Platz noch frei?«, unterbrach jemand meine Gedanken. »Nein«, sagte ich automatisch und bevor ich aufsah, dann tat ich es allerdings doch und mein Herz setzte einen Moment aus. Vor mir saß ein dunkelhaariger junger Mann, etwa Mitte zwanzig.

Er trug ein weißes Shirt und eine dunkelbraune Hose.

Seine Haare waren streng nach hinten gegelt und in seinem linken Ohr baumelte ein Anhänger. Konnte er das sein? Konnte das mein Täter sein?

»… jemanden?«, drang seine Stimme in mein Bewusstsein.

»Äh wie bitte?«, fragte ich und versuchte mich zu konzentrieren. Ich durfte jetzt keine Panik schieben, sondern musste versuchen, etwas über ihn in Erfahrung zu bringen.

»Ob du auf jemanden wartest?«, wiederholte er lächelnd.

»Äh … ja, eigentlich war ich mit einer Freundin verabredet«, improvisierte ich.

»Aber sie hat sich nach einer Stunde immer noch nicht blicken lassen, also betrinke ich mich hier sinnlos.« Ich lachte dümmlich und tat, als wäre ich schon leicht angeschwipst. Er erwiderte das Grinsen und fragte:

»Kann ich dir denn etwas anbieten?«

»Ja gerne. Einen Manhattan bitte«, säuselte ich. Gott, ich kam mir so dämlich vor. Nie im Leben würde ich mich von einem Fremden einladen lassen, aber heute musste ich den Lockvogel geben und vor allem gute Miene zum bösen Spiel machen. Noch unklar war allerdings, wie ich ihm vorgaukeln sollte, den Cocktail zu trinken und es in Wirklichkeit nicht zu tun? Er wandte sich an den Barkeeper, bestellte einen Manhattan und Wodka Energy und drehte sich wieder zu mir.

»Also, verrätst du mir deinen Namen? Ich bin Daniel«, sagte er und gab mir die Hand. Ich ergriff sie und antwortete:

»Claire.«

»Sehr erfreut, Claire«, säuselte er und sah mich eindringlich an. Es war verdammt schwierig, das Lächeln aufrecht zu erhalten, denn ich mochte es überhaupt nicht, wenn Männer so aufdringlich waren. Ich meine, allein sein Gesichtsausdruck reichte aus, um mir seine Absichten zu verraten. Bääh!

Ich schüttelte mich innerlich und griff unbewusst nach dem Glas, um etwas zu trinken, erstarrte dann aber mitten in der Bewegung. Oh verdammt! Jetzt hatte ich das Glas in der Hand.

Und nun? Neugierig musterte Daniel mein Zögern, dann stellte ich das Glas mit einem schiefen Lächeln ab und wandte mich an den Barkeeper.

»Eine Cola bitte«, rief ich und erklärte Daniel:

»Ich habe heute schon so viel getrunken, da sollte ich vielleicht erst mal was Nichtalkoholisches zu mir nehmen.« Er lächelte verständnisvoll und nahm einen Schluck von seinem Wodka. Langsam, aber sicher ging mir sein Lächeln auf den Geist. Es war, als würde er seine Gedanken oder wahren Absichten dahinter verstecken.

So ein Quatsch, dachte ich im nächsten Moment kopfschüttelnd. Ich sollte da nicht zu viel hineininterpretieren. Wahrscheinlich war er ein harmloser Kerl, der auf ein Abenteuer aus war.

Nachdem ich die Möglichkeit in Betracht gezogen hatte, wurde ich etwas lockerer und die folgende Unterhaltung nahm ungezwungen ihren Lauf.

Ich erfuhr, dass Daniel auf dem Bau arbeitete und nebenbei im Supermarkt aushalf. Er war 26 Jahre alt, spielte gern

Gitarre und war verrückt nach Gummibärchen. Alles normale und sympathische Eigenschaften, er hätte mir aber genauso gut das Blaue vom Himmel lügen können.

Nach einer Stunde angeregter Unterhaltung begriff ich jedoch, dass ich einen Fehler gemacht hatte. Ich hätte mich nicht von ihm einladen lassen dürfen, denn das war für Männer so etwas wie eine Reservierung.

Ich kannte es von Vicky, die sich früher des Öfteren darüber beschwert hatte, dass sie die Kerle den ganzen Abend an der Backe hatte, wenn sie sich einladen ließ und trotzdem hatte ich zu dem Manhattan nicht nein gesagt.

Ich hatte den erstbesten Anwärter genommen in der Hoffnung … tja auf was? Dass ausgerechnet *er* der Täter war?

Wie töricht. Und nicht nur, dass Daniel mich daran hinderte, auch die anderen Floors abzuklappern.

Wenn sich der Täter hier nämlich irgendwo aufhalten und mich beobachten sollte, würde er sich dank Daniel niemals nähern, denn ich war ja schon in Begleitung! Wie man es also drehte und wendete, ich hatte es verbockt.

»Willst du denn gar nicht trinken?«, fragte Daniel, der sich mittlerweile drei Wodka Energy hinter die Binde gekippt hatte. Ich war mir mittlerweile sicher, dass er nicht der Täter war, dennoch winkte ich ab. In meinem Cola-Glas schwamm nur noch eine mickrige Zitrone und die würde wohl kaum noch als Ausrede durchgehen, also zog ich mich auf die Toilette zurück.

»Bin gleich wieder da«, sagte ich und lief mit eiligen Schritten davon, froh, Daniel endlich los zu sein.

Es war gemein und ich fühlte mich so schuldig, dass ich beinahe wieder umgedreht hätte, doch damit hätte ich keinem von uns einen Gefallen getan, also blieb es dabei. Ich würde nicht mehr zu Daniel zurückkehren.

***

Als ich von der Toilette zurückkam, bog ich nach links in einen anderen Floor ab und setzte mich dort an die Bar. Die Theken waren mittig platziert, so dass sie von jedem Winkel des Raumes aus gut sichtbar waren. So würde ich jeden sehen und jeder andere mich. Nun, da ich den armen Daniel aber so gemein abgeschoben hatte, konnte ich nicht lange hier verweilen.

Das würde eine peinliche Unterhaltung werden, wenn er hier auftauchen und mich mit dem Nächsten an der Bar sitzen sehen würde! Und lange würde es bestimmt nicht brauchen, bis er begriff, dass ich über alle Berge war.

Zwanzig Minuten später hatten sich zwei weitere Typen zu mir an die Bar setzen wollen, doch ich hatte sie freundlich abgewiesen. Ach zum Teufel mit meinem hirnrissigen Plan! Wenn ich niemanden an mich heran ließ, konnte ich auch nicht meinen Täter finden. Mein Vorhaben war von Anfang an zum Scheitern verurteilt gewesen, ich war nur zu dämlich, um es vorherzusehen … oder schmeichelhafter ausgedrückt: Ich hatte mich von blindem Tatendrang leiten lassen.

Ja, das klang viel besser. Seufzend erhob ich mich und gerade, als ich zum Ausgang laufen wollte, sah ich ihn auf der Schwelle zum nächsten Floor stehen. *Nein!*, dachte ich entsetzt und stolperte fassungslos zurück.

»Hey, pass doch auf«, schnauzte mich ein Mann an, dem ich vor Schreck auf die Füße getreten war.

»Sorry«, sagte ich, als ich mein Gleichgewicht wiedergefunden hatte, indem ich mich an ihm festhielt, doch für Scham war keine Zeit. Ich hatte ihn gesehen, ich hatte Jason gesehen!

Mein erster Gedanke war, umzudrehen und den Club auf der Stelle zu verlassen, doch dann schaltete sich mein Gehirn wieder ein. Er war hier. Der Täter war hier. Ich musste ihn nur noch überführen.

Ohne Rücksicht auf die Umstehenden zu nehmen, bahnte ich mir einen Weg zum nächsten Floor.

Dabei rempelte und stolperte ich, was das Zeug hielt, doch die bösen und amüsierten Blicke waren mir egal. Ich durfte Jason nicht entwischen lassen, denn das hier war meine Chance, ihm seine Tat endgültig nachzuweisen!

Jason bewegte sich durch die Menschenmenge wie eine wendige Schlange, wohingegen ich jeden Zweiten streifte oder anrempelte. Als ich um die Ecke bog, sah ich ihn gerade noch aus dem Ausgang laufen, eh die Tür wieder ins Schloss fiel.

Na warte, mich hängst du nicht ab, dachte ich wütend und beschleunigte meine Schritte. Wütend stieß ich die Tür auf und folgte ihm auf den Parkplatz.

»Jason!«, rief ich und das so laut, dass mir die Türsteher, an denen ich vorbeilief, einen brummigen Blick zuwarfen. Ich ignorierte sie und lief mit schnellen Schritten auf ihn zu. Er blieb stehen, starrte kurz zum Himmel und drehte sich dann mit ausdruckslosen Augen zu mir um. Doch bevor ich ihn anfahren konnte, sagte er:

»Egal, wie sehr es auch danach aussieht, aber ich bin nicht deswegen hier.« Doch ich nahm seine Worte gar nicht richtig wahr, denn für mich zählte nur eins:

»Was zur Hölle machst du hier? Hast du mich etwa verfolgt oder wolltest du schon dein nächstes Opfer aussuchen?«

Ich rückte ihm so dicht auf die Pelle, dass ich mir eigentlich Sorgen um meine Sicherheit hätte machen müssen, doch die Türsteher in unmittelbarer Nähe gaben mir Mut. Sobald er auch nur eine falsche Bewegung machte, würde ich um Hilfe rufen.

»Ich sagte doch gerade, ich bin nicht deswegen hier.«

Sein Gesicht war ausdruckslos, vielleicht sogar gewollt, so dass ich nicht sagen konnte, ob er log oder die Wahrheit sagte.

»Ich glaube dir kein Wort. Als du gesehen hast, dass ich dich entdeckt habe, wolltest du abhauen, damit ich dich nicht verpfeifen kann. Sag mir, Jason, wie wolltest du es machen? Wolltest du warten, bis ich wieder irgendwo alleine bin oder gehörte der Typ damals an der Bar sogar zu dir? Ist er dein Komplize? Macht ihr gemeinsame Sache?«

»Du solltest aufhören, zu trinken, Claire. Der Alkohol tut dir ganz offensichtlich nicht gut«, gab er zurück, was mich rasend werden ließ. Wie konnte er hier nur so seelenruhig stehen und sich auch noch über mich lustig machen, wo ich ihn doch auf frischer Tat ertappt hatte?

»Ich werde jetzt die Polizei rufen«, sagte ich und starrte zornig zu ihm auf. Seine überhebliche Art würde ihm schon vergehen, sobald er erst einmal verhaftet war.

»Und was willst du denen erzählen? Dass du mich dabei erwischt hast, wie ich mich amüsiere? Du hast keinerlei Beweise für deine Vermutung, Claire und weißt du auch warum? Weil-ich-es-nicht-gewesen-bin! Und mal ganz ehrlich. Hältst du mich für so bescheuert, dass ich wieder in denselben Club gehen würde, wenn ich wirklich der Täter wäre?«, fragte er säuerlich.

»Dass du mich verdächtigst, ist schon schlimm genug, aber das hier ist einfach nur beleidigend.« Doch ich ließ mich von ihm nicht bequatschen, ich schüttelte den Kopf und fragte:

»Ich glaube dir zwar kein Wort, aber bitte, was machst du dann hier?« Er betrachtete mich eine gefühlte Ewigkeit, so dass ich mich schon fragte, ob ich überhaupt eine Antwort bekommen würde, dann sagte er:

»Offensichtlich dasselbe wie du. Nur sind bei mir die Erfolgschancen, gemessen an meiner Größe und Kampferfahrung um einiges höher als bei dir.« Ich starrte ihn an und eh ich seine Worte begreifen konnte, lenkte mich das Geräusch quietschender Reifen ab.

Ich drehte mich zu der Geräuschkulisse um und als ich einen gelben Jeep heranbrausen sah, konnte ich es nicht glauben. Ich brauchte nur eine Sekunde, um eins und eins zusammen zu zählen und wandte mich ungläubig an Jason.

»Du ... du hast Taylor gesagt, dass ich hier bin?«

»Als ich gesehen habe, dass du alleine bist, habe ich ihm geschrieben, dass er dich abholen soll. Und mir war klar, dass du ausrasten würdest, wenn du mich siehst.« Ich lachte ungläubig.

»Das kannst du dem Weihnachtsmann erzählen! Du hast Taylor nur angerufen, weil du wusstest, dass er sauer sein würde, wenn er mich hier sieht, du Mistkerl.« Bei dem Wort *Mistkerl* verdüsterte sich seine Miene.

»Nein, Claire, ich habe ihn hergeholt, weil deine Aktion vollkommen irrsinnig ist. Was, wenn der Täter gerade *heute* unterwegs ist und dich erneut verschleppt hätte?« *Was, wenn der Täter direkt vor mir steht?*, dachte ich wütend zurück.

Ich sprach die Frage nicht aus, doch sie musste mir deutlich auf der Stirn geschrieben stehen, so finster wie er meinen Blick erwiderte. Die Spannung war zum Greifen nahe und ich konnte es zwischen uns förmlich gewittern und blitzen sehen.

Das Geräusch einer zufallenden Wagentür ließ uns beide nach links schauen, Taylor trug eine verwaschene Jeans und eine Sportjacke seiner Mannschaft. Offenbar kam er gerade vom Training und er sah nicht freundlich gestimmt aus.

Er nickte Jason zu, so dass ich mich fragen musste, ob sein Anruf in ihm neues Vertrauen geweckt hatte?, dann sah er wütend zu mir.

»Was soll das werden, Claire?«, fragte er, ohne sich mit einer Begrüßung aufzuhalten und musterte meine Aufmachung, aber das war auch nicht anders zu erwarten gewesen. Ich wäre an seiner Stelle ebenfalls stinkwütend.

»Was wohl, ich stelle Nachforschungen an«, erwiderte ich genauso unfreundlich und verschränkte die Arme vor der Brust. Jason bemerkte die Geste und ließ seine Mundwinkel zucken. Er wusste, dass das meine typische Abwehrreaktion war, wenn ich mich in die Ecke gedrängt fühlte. Taylor kannte sie natürlich nicht, denn er hatte mir nie Anlass zu dieser Empfindung gegeben. Für gewöhnlich war er ruhig und freundlich und ich glaube, das war das erste Mal, dass er wirklich wütend auf mich war.

»Nachforschungen? Und wer in Gottes Namen hat dich auf diese Schnapsidee gebracht?«

»Ich glaube niemand. Auf so einen bescheuerten Einfall kann nur Claire selbst kommen«, mischte sich Jason ein.« Ich warf ihm einen todbringenden Blick zu.

»Was willst du überhaupt noch hier? Du hast bekommen, was du wolltest, ich wurde auf frischer Tat ertappt. Auf Wiedersehen!«

»Hier geht es nicht darum, jemanden zu ertappen, sondern um deine Sicherheit«, sagte Taylor mahnend, so dass mein Blick wieder zu ihm schwenkte.

»Es war richtig von ihm, mir Bescheid zu geben, bevor noch etwas passiert wäre.« Er nickte ihm noch einmal zu und Jason erwiderte die Geste. Ein stummes Einverständnis der Anerkennung. Ich konnte es nicht glauben. Jason war hier. Ich hatte ihn auf frischer Tat ertappt und vielleicht sogar ein weiteres Verbrechen verhindert und sie zollten sich gegenseitigen Respekt?

»Und was genau wollt ihr hier gerade verkörpern? Vor einigen Wochen habt ihr euch noch die Köpfe eingeschlagen und jetzt schließt ihr euch zusammen, um mich aufzuhalten?«

»Wenn es dazu dient, dich vor deiner eigenen Dummheit zu bewahren, ja«, antwortete Taylor ungerührt. Ich machte große Augen, hatte er mich gerade dumm genannt?

Er musste wirklich wütend sein und nur die Einsicht, dass ich einen Fehler begangen hatte, hielt mich davon ab, auf seine Beleidigung einzugehen.

»Danke, dass du angerufen hast«, sagte er zu Jason und legte mir dann eine Hand auf dem Rücken, um mich zum Gehen zu bewegen. Ich warf Jason noch einen letzten Blick zu. Dieser Idiot. Wusste er denn nicht, dass ich das nur getan hatte, um mir selbst seine Unschuld zu beweisen?

Er dachte, er hätte mich vor einer Dummheit bewahrt, doch eigentlich hatte er sich ins eigene Fleisch geschnitten, denn nun war ich genauso ratlos wie vorher. Schweigend liefen Taylor und ich über den Parkplatz und erst als wir ins Auto gestiegen waren, ergriff er das Wort.

»Keine Ahnung, was dich da geritten hat, aber hast du auch nur eine Sekunde über die mögliche Gefahr nachgedacht, in die du dich begeben hast?«

»Ja, hab ich«, antwortete ich und schnallte mich an.

Damit hatte er wohl nicht gerechnet, denn er sah mich verdutzt an.

»Und warum bist du dann alleine gefahren? Hättest du nicht mich oder wenigstens Vicky mitnehmen können?«

Ich schwieg. Natürlich hätte ich, aber dann hätte ich mir Hilfe eingestehen müssen und ich wollte doch unbedingt auf eigene Faust handeln. Ich hatte mir und den anderen beweisen wollen, dass ich stark genug war, selbst mit der Angelegenheit fertig zu werden.

Ich meine, wochenlang hatte man mich behütet und umsorgt, weil ich das arme Opfer war, aber ich wollte das nicht mehr. Ich wollte nicht mehr aus der Tür gehen und mich ängstlich umsehen müssen, als würde Jack the Ripper hinter mir her sein. Ich wollte mich nicht mehr schwach fühlen! Und was wäre besser für das Selbstbewusstsein gewesen, als den Täter eigenhändig zu überführen?

»Tut mir leid«, sagte ich aufrichtig.

»Das war dumm, wirklich dumm ... aber mal im Ernst: stört es dich nicht, dass Jason auch dort war?«

»Was hat er dir denn gesagt?«

»Dass er dasselbe vorhatte wie ich, nur dass es für ihn natürlich weitaus ungefährlicher wäre, weil er ein Mann ist«, sagte ich wenig überzeugt.

»Ich weiß, das klingt in den Augen einer taffen Frau wie dir vielleicht empörend«, sagte er spöttisch.

»Aber er hat recht, für ihn ist es ungefährlicher.« Ich biss mir auf die Zunge, um keine Debatte über chauvinistische Kommentare anzufangen, denn im Grunde genommen hatte er ja recht. Als Frau, auch wenn ich mich meistens sehr stark fühlte, wäre ich dem Täter wohl körperlich unterlegen gewesen.

»Und du glaubst ihm nicht?«, fragte Taylor nach einer kurzen Pause.

»Naja, ist schon eigenartig, dass er zufällig in derselben Nacht auftaucht wie ich, oder? Was, wenn er mir aufgelauert hat oder sein nächstes Opfer aussuchen wollte?« Taylor schnaufte.

»Man kann ja viel über Jason sagen, aber dumm ist er nicht. Wenn er wirklich der Täter wäre, hätte er nicht denselben Club genommen.

Und woher sollte er überhaupt wissen, dass du heute dort bist? Immerhin hast du niemandem Bescheid gesagt und Vicky und mich obendrein noch belogen.«

»Vielleicht hatte er mir aufgelauert und mich bis dorthin verfolgt?«, überlegte ich laut. Taylor seufzte.

»Aber warum sollte er mir dann Bescheid geben und mich her zitieren?« Tja, warum nur? Vielleicht hatte er Panik bekommen und sich gedacht, dass er lieber Taylor holt, damit der Verdacht nicht auf ihn fällt? Im nächsten Moment fragte ich mich aber, warum ich eigentlich so verbissen nach seiner Schuld suchte?

War ich nicht in den Club gefahren, um Jason zu entlasten? Ich war schon fast soweit gewesen, meinen Verdacht als überzogen anzuerkennen und Jason zu trauen und mit dem Besuch im Club hatte ich mir den fehlenden Beweis holen wollen, doch mit seinem Auftauchen hatte er alles wieder zunichte gemacht.

Jetzt war ich genauso verwirrt wie vorher.

Nachdem wir eine Weile gefahren waren und ich Taylor immer wieder verstohlene Seitenblicke zugeworfen hatte, fragte ich:

»Bist du denn gar nicht sauer, weil ich dich belogen habe?« Sein Gesicht blieb auf die Straße geheftet und er ließ sich für die Antwort Zeit, dann sagte er:

»Doch, ich bin sogar sehr sauer.« Ich nickte betrübt. »Aber ich verstehe auch, warum du es getan hast. Du bist ein Dickschädel und du willst alles und jedem ständig beweisen, dass du alleine auf dich aufpassen kannst.«

Seine Mundwinkel zuckten bei den Worten, was mir einen Stich versetzte. Wie konnte er nur so ruhig und gefasst bleiben, während ich mich für meine Dummheit erwürgen könnte?

Er war so verständnisvoll, so gutmütig - ich hatte ihn gar nicht verdient!

Die restliche Fahrt über schwiegen wir, was mir ausnahmsweise einmal nichts ausmachte. Ich hatte wahrlich genug nachzudenken und vor allem musste ich mich ununterbrochen für meine Unbesonnenheit tadeln.

Als wir vor Vickys Einfahrt hielten, waren alle Lichter erloschen - sie schlief wahrscheinlich längst. Taylor stellte den Moor ab und blieb reglos sitzen, dann sagte er:

»Kann ich dich etwas fragen?« Ich sah verwirrt zu ihm, denn als mein Freund brauchte er mich doch nicht um Erlaubnis fragen.

»Ja klar«, sagte ich, doch sein Gesichtsausdruck ließ keine angenehme Frage vermuten.

»Warum bist du wirklich in den Club gegangen, wo sich doch die Polizei um die Ermittlungen kümmert? Wolltest du einfach die Gewissheit haben, dass der Täter geschnappt wird ... oder wolltest du dir Jasons Unschuld beweisen?« Gott verdammt, man konnte ihm zumindest nicht vorwerfen, dass er nicht helle im Kopf war!

Und nun? Sollte ich ihm eine weitere Lüge auftischen oder riskieren, dass ihn meine Antwort verletzte? Doch Taylor war stets so verständnisvoll und geduldig mit mir gewesen, dass er keine weiteren Lügen

verdient hatte. Nach kurzem Zögern sagte ich:
»Beides, denke ich.« Er nickte.
»Danke für deine Ehrlichkeit.« Damit beugte er sich zu mir herüber und öffnete meine Tür. Ich schluckte schwer und zögerte einen Augenblick, dann stieg ich aus. Was bedeutete das nun?
War er sauer, enttäuscht? Ich lief schweren Herzens zur Tür und hörte die Reifen quietschen und als ich mich umdrehte, war sein gelber Jeep verschwunden.
Was für ein Chaos.
Was für ein riesen Chaos!

Kapitel 16

Am nächsten Morgen rief ich als erstes Taylor an, doch er war bereits in der Uni, wie ich seinem Anrufbeantworter entnahm. Eine Nachricht bei *WhatsApp* blieb allerdings auch unkommentiert, denn angeblich war die Lesung so wichtig, dass er nebenbei nicht simsen konnte.

Okay, wahrscheinlich hatte ich diese Behandlung verdient, weshalb ich ihn auch nicht weiter nervte.

Als ich im Erdgeschoss ankam, musste ich mich dann Vicky stellen, die mich bereits mit verschränkten Armen und bitterböser Miene am Küchentisch erwartete.

»Jason konnte es offenbar gar nicht erwarten, zu petzen«, vermutete ich und setzte mich zu ihr.

Doch sie ging erst gar nicht auf mein Gerede ein.

»Wie konntest du nur? Wie konntest du mir noch so dreist ins Gesicht lügen?«, fragte sie.

»Ich habe nicht gelogen«, sagte ich und fischte eine Erdbeere aus dem Obstkorb.

»Ich hab gesagt, ich muss noch wohin und du warst zu beschäftigt, um mir überhaupt zuzuhören.«

»Du hast gesagt, du musst ins Geschäft«, sagte sie vorwurfsvoll und band sich die Haare zu einem Dutt hoch. Ups, dann hatte sie doch hingehört.

»Ja gut, ich habe gelogen. Tut mir leid, aber ich wollte das unbedingt alleine machen«, gab ich seufzend zu.

»Und dein Vorhaben war von offensichtlichem Erfolg gekrönt, wie man sieht.«

»Ist ja gut. Du musst mir nicht auch noch Salz in die Wunde streuen. Ich habe es kapiert. Ich bin ein dummer Mensch.«

»Ein äußerst Dummer«, bestätigte sie.

»Dümmer als dumm«, stimmte ich ihr zu.

Sie betrachtete mich noch einen Moment aus zusammengekniffenen Augen, dann wurde ihre Miene weich.

»Und jetzt kümmere dich lieber um deinen Freund, der scheint mächtig sauer zu sein«, sagte sie und scheuchte mich davon. Und das tat ich dann auch.

***

Ich erwischte Taylor nach seiner zweiten Lesung und fing ihn vor dem Saal ab. Als er aus der Tür trat, lief eine hübsche Brünette neben ihm her und lachte herzhaft über etwas, das er wohl eben gesagt hatte. Er lachte ebenfalls, aber als er mich erblickte, verloren seine Augen allerdings etwas von ihrem fröhlichen Glanz. Die Studentin, die mich definitiv als seine Freundin erkannte, denn seit wir zusammen waren, sprach die Uni von nichts anderem, schenkte mir ein kurzes, aber überhebliches Lächeln, von dem ich mich fragte, womit ich es verdient hatte, dann wirbelte sie davon.

Tja, unfreundlich behandelt zu werden, war offenbar das Schicksal einer jeden Frau, die sich an Taylors Seite stellte, Das hatte mich vorher nicht gestört, nun ließ es mich allerdings sauer werden.

»Hi«, sagte ich und gab ihm einen Kuss auf den Mund. Er erwiderte ihn, aber wie erwartet eher verhalten.

»Hör zu, ich weiß, dass ich Mist gebaut habe und du guten Grund hast, die nächsten hundert Jahre sauer auf mich zu sein, aber können wir den Prozess nicht etwas beschleunigen? Ehrlich, ich ertrage es nicht, wenn du sauer bist und dabei sind gerade mal zwei Tage vergangen.«

Er warf mir einen Seitenblick zu und ich zog eine Schnute, von der ich hoffte, dass sie niedlich genug war, um von meiner Schandtat abzulenken, doch seine Miene blieb unbewegt.

»Komm schon, du bist doch sonst auch so verständnisvoll«, sagte ich und hakte mich bei ihm ein. Das durfte nicht passieren, wir durften uns nicht wegen Jason streiten. Ich gebe ja zu, dass ich Jason durch meine Lüge vorgezogen hatte, aber das hatte doch nichts zu bedeuten. Ich wollte mit Taylor zusammen sein!

»Vielleicht liegt ja genau dort das Problem. Vielleicht bin ich *zu* verständnisvoll«, überlegte er laut. Ich blieb stehen und sah verwirrt zu ihm auf.

»Was soll das heißen?« Dadurch, dass ich ihn am Arm hielt, war er gezwungen, ebenfalls anzuhalten.

»Dass ich es nicht noch einmal hinnehmen werde, dass du mich belügst, Claire. Ich habe dir gesagt, dass ich verstehe, warum du es getan hast, aber das war nur die halbe Wahrheit. In Wirklichkeit hat es mich fast aufgefressen, dass du mich wegen diesem Idioten stehen lässt.

Ich meine, wir waren verabredet gewesen und du denkst dir irgendwelche Lügen aus, nur weil du Jasons Unschuld beweisen willst? Ich will einfach nicht, dass er zwischen uns steht, nicht jetzt, wo wir zusammen sind.«

»Das will ich auch nicht, glaub mir«, sagte ich mit einem dicken Kloß im Hals. Gott, es lief alles so schief. Ich wollte nicht, dass wir wegen Jason stritten, verdammt!

»Ich schwöre dir, dass das nie wieder vorkommen wird.« Er sah noch einen Moment säuerlich auf mich herab, dann sagte er:

»Komm mir ja nicht mit diesem Hundeblick, den kann ich gar nicht leiden.« Damit gab er mir einen Kuss auf die Stirn und legte mir versöhnlich den Arm um die Schulter. Ich atmete erleichtert auf und lehnte meinen Hinterkopf an seinen Arm.

»Aber nur, weil du ihm nicht widerstehen kannst. Kein Mann kann das.«

»Ja, das muss wohl sowas wie ein Fluch sein. Als ob wir euch Frauen nicht auch so schon erlegen sind.«

Während wir weiterschwatzten, liefen wir zum Gebäudeausgang, doch bevor wir aus der Tür traten, drehte ich mich zu einem der Seitengänge um. Mir war plötzlich so, als hätte ich dort einen dunkel gekleideten Mann gesehen, der uns beobachtete.

Dann schüttelte ich jedoch den Kopf und konzentrierte mich wieder auf unser Geplauder.

Offenbar sah ich schon Gespenster.

Kapitel 17

»Oh mein Gott, Claire!«, hörte ich Vicky vom Erdgeschoss brüllen.

»Das glaubst du nicht«, rief sie, während ich schon die Stufen hinuntereilte und schließlich um die Ecke schoss.

»Was ist los?«, fragte ich und kam zu ihr ans Sofa geeilt. Sie richtete die Fernbedienung auf den Bildschirm und spulte das Programm einige Sekunden zurück, dann drückte sie auf *Play*.

» ... erfahren haben, wurde gestern Nacht eine vier Wochen alte Frauenleiche in der Nähe des besonders bei Studenten beliebten *Cäsar Clubs* gefunden.

Die nur einen Meter tief vergrabene Frau war vom Hund einer Spaziergängerin ausgebuddelt worden.

Erste Untersuchungen ergaben, dass eine beliebte Party-Droge, die ihr offenbar ins Getränk getan wurde, zum Tod führte.

Außerdem berichten Augenzeugen, dass sich vor wenigen Wochen ein ähnlicher Vorfall im Club abgespielte.

Eine junge Frau wurde zuerst mit bewusstseinsverändernden Wirkstoffen betäubt und anschließend in den Wald verschleppt. Ihr konnte jedoch ein junger Mann zu Hilfe eilen, der zunächst selbst verdächtigt wurde.

Die Polizei bestätigt nun, dass es sich bei dem Verdächtigen aber nicht um den Täter handelt. Dieser wurde heute Morgen in seiner Wohnung überführt und gestand beide Taten. Nachbarn beobachteten, wie Richard K. eine rote Handtasche in den gemeinschaftlichen Müllcontainer warf und sich dabei auffällig umsah.

Weil dieser aber schon mehrmals gewalttätig aufgefallen war, informierten sie umgehend die Polizei, welche die Handtasche später als die des Opfers identifizieren konnte.

Des Weiteren wurde bekannt gegeben, dass das Todesopfer in derselben Nacht getötet und verbuddelt wurde, in der auch der erste Überfall erfolgte. Offenbar war der Täter jedoch in Eile gewesen, denn er konnte die Leiche nicht richtig vergraben und hatte bisher auch keine Versuche unternommen, zum Tatort zurückzukehren.«

Ich war unfähig, zu antworten, unfähig zu begreifen. Bedacht langsam ließ ich mich auf das Sofa sinken und starrte die Reporterin an, dessen Mund sich unaufhaltsam bewegte, deren Worte mich aber nicht mehr erreichten. Das Blut rauschte mir so laut in den Ohren, dass es sogar Vickys Stimme übertönte, die mit geweiteten Augen auf mich einredete. Schließlich packte sie mich am Arm und rüttelte mich wach.

» ... überhaupt, was das bedeutet? Hey, ist alles in Ordnung?«, hörte ich sie besorgt fragen. Ich nickte, dabei war überhaupt nichts in Ordnung.

»Er ... er hat sie umgebracht, das Mädchen ... ist tot«, stammelte ich.

»Mein Gott, es hätte mich genauso treffen können.« Zu meiner

Verwunderung schüttelte Vicky jedoch den Kopf. Sie spulte noch einmal zurück und drückte dort auf Play, wo mein Gehirn abgeschaltet hatte.

» ... beim Ersten nicht stark genug gewesen war, hatte er die Dosis beim zweiten Opfer verdoppelt. Die Rettungshelfer konnten nichts mehr für die junge Frau tun, sie war bereits tot, als der Krankenwagen eintraf. Somit ist die Todesursache auf die Überdosis zurückzuführen.

»Oh Gott«, sagte ich und vergrub das Gesicht in den Händen.

»Dann ist sie gestorben, weil die Drogen bei mir nicht stark genug waren«, überlegte ich laut.

»Hey«, unterbrach mich Vicky.

»Du willst doch jetzt keine Schuldgefühle entwickeln, oder?«

»Natürlich nicht«, sagte ich kopfschüttelnd.

»Aber der Gedanke, dass er die Dosis erhöht hat, weil sie bei mir nicht richtig gewirkt haben ist ... Gott, das ist so schrecklich. Das Mädchen ... und Jason, der die ganze Zeit über unschuldig war! Ich kann ihm nie wieder unter die Augen treten«, sagte ich verzweifelt. Ich hatte eigentlich erwartet, dass ich mich besser fühlte, wenn Jasons Unschuld jemals bewiesen werden sollte, doch stattdessen verspürte ich endlose Reue. Die letzten Wochen mussten für ihn die Hölle gewesen sein.

Seine Freunde, die Uni, ich, wir alle waren ihm mit Vorsicht und Misstrauen begegnet, sind ihm aus dem Weg gegangen und hatten hinter vorgehaltener Hand über ihn getuschelt, *obwohl* die Polizei ihn entlassen hatte!

Und all das wegen mir, weil ich mit dem Finger auf ihn gezeigt hatte, aufgrund von Fakten, die auf jeden x-beliebigen anderen auch hätten zutreffen können.

Gott, das konnte ich niemals wieder gut machen. Mit keiner Entschuldigung der Welt.

***

Drei Tage später kam die Vorladung zum Gericht. Die Gerichtsverhandlung würde aufgrund des Geständnisses bereits nächste Woche stattfinden und wie ich am nächsten Tag von Vicky erfuhr, wurde auch Jason als Zeuge geladen, genau wie alle anderen, die an diesem Abend anwesend waren.

Mir bangte davor, Jason unter diesen Umständen zu begegnen, vor allem, weil er all meine bisherigen Anrufe und Nachrichten ignoriert hatte – was eine deutliche Botschaft war. Umso mehr hoffte ich, dass er mich wenigstens bei der Verhandlung anhörte.

Mehr noch fürchtete ich mich jedoch vor dem Täter selbst, denn es war eine Sache, jemand Fremdes für seine Taten zu beschuldigen, ein Gesicht dazu zu haben, aber etwas ganz anderes.

Ich graute mich davor, diesem Richard K. in die Augen zu schauen, andererseits wollte ich sehen, wer mir und vor allem dem armen Mädchen so etwas antun konnte. Die Tage bis zur Verhandlung schlichen nur so dahin und so sehr ich mich auch mit der Arbeit und Schule abzulenken versuchte, es gelang mir einfach nicht. Doch da musste ich jetzt durch.

Ich konnte nur hoffen, dass nach der Gerichtsverhandlung wieder Normalität in mein Leben einkehrte und so quälte ich mich von einem Tag zum anderen und fieberte der Gerichtsverhandlung mit gemischten Gefühlen entgegen.

Kapitel 18

Es war soweit. Heute wurde Richard K. der Prozess gemacht und ich trank bereits meine dritte Tasse Kaffee.

»Claire, Schatz, du bekommst noch Herzrasen, wenn du das Zeug weiter in dich hineinschüttest«, sagte sie und nahm mir die Tasse aus der Hand, um selbst daraus zu trinken.

»Ich weiß, aber ich bin so hibbelig, dass ich nicht anders kann.«

»Und da ist Koffein natürlich genau das Richtige für dich«, sagte sie spöttisch und schüttete den Kaffeerest in die Spüle.

»Du hättest lieber eine Valium einlegen sollen.« Ein Klopfen an der Tür kündigte Taylors Gegenwart an.

»Und jetzt komm, dein Göttergatte ist da.« Damit warf sie sich die Handtasche über, öffnete ihm die Tür und lief winkend an Taylor vorbei.

»Wie geht's dir?«, fragte er, als ich ebenfalls hinaustrat und gab mir einen Kuss.« Ich zog die Tür zu, ließ mich von ihm in die Arme nehmen und zu seinem Jeep führen.

»Weiß nicht, etwas nervös«, gab ich zu. Er nickte und öffnete mir die Tür, damit ich in seinen monströsen Wagen steigen konnte. Vicky und ich machten es uns auf der Rückbank bequem, während er auf den Fahrersitz stieg.

»Verständlich, aber wenigstens hast du es dann endlich hinter dir«, sagte er.

»Naja, nicht ganz«, meinte Vicky und schnallte sich an. Taylor wartete, bis auch ich gesichert war, dann fuhr er los.

»Claire muss sich noch bei Jason entschuldigen und das dürfte schwierig werden, denn er ignoriert jegliche Anrufe ihrer Art.« Taylor betrachtete mich im Rückspiegel und sagte:

»Ich schätze, er braucht Zeit, immerhin hat Claire schwere Vorwürfe gegen ihn erhoben.« Ich sah aus dem Fenster. Ja, das hatte ich und nun war es an mir, unseren Zwist zu beenden.

»Ich würde ihn allerdings nicht sofort mit einer Entschuldigung überfallen«, riet mir Vicky. »Warum nicht?«, fragte ich und sah sie an.

»Heute ist er das erste Mal wieder mit uns allen zusammen und das nicht unbedingt freiwillig. Ich glaube, das wird auch so schon seltsam genug für ihn. Vielleicht solltest du etwas Gras über die Sache wachsen lassen, bevor du auf ihn zugehst.« Ich zog eine Grimasse, weil die Metapher mit dem Gras perfekt zu Jason passte, dann sagte ich.

»Gras wachsen lassen? Wenn man etwas verbockt hat, dann sollte man sich auch so schnell wie möglich entschuldigen.«

»Schon, aber offenbar will er deine Entschuldigung im Moment nicht hören, sonst würde er ja deine Anrufe annehmen. Lass ihm einfach noch ein bisschen Zeit.

Du weißt, dass Jason ein Sturkopf ist, er wird sich schon wieder einkriegen«, beharrte sie. Naja, sie musste es wissen. Sie war immerhin seine beste Freundin. Ich sah zu Taylor in den Rückspiegel, der Vicky nickend beipflichtete und seufzte. Wenn sie der Meinung waren, dass ich warten sollte, bitte – dann hatte ich wenigstens noch Zeit, mir eine vernünftige Entschuldigung zurechtzulegen.

Die restliche Fahrt hüllte ich mich in nachdenkliches Schweigen, so dass Vicky und Taylor ihre kläglichen Versuche, ein neues Gespräch aufzubauen, schnell aufgaben.

Mir stand ohnehin nicht der Sinn nach Smalltalk, meine Gedanken kreisten vom Täter und der grausamen Nacht zu Jason und die schrecklichen Dinge, die ich ihm an den Kopf geworfen hatte und wieder zurück.

Eine halbe Stunde später parkte Taylor direkt neben Jasons Wagen, von dem aber weit und breit keine Spur war, dafür warteten Lynn, Bryan und Zac vor dem Gerichtsgebäude auf uns.

Ich begrüßte sie alle mit einem kurzen Wink, als Vicky auch schon fragte:

»Wo ist Jason?«

»Schon reingegangen«, antwortete Zac und fing meinen Blick auf. Vielleicht bildete ich es mir nur ein, aber mit den Augen schien er mir sagen zu wollen, dass ich der Grund dafür war.

Naja, ich hatte auch keine stürmische Begrüßung von Jason erwartet.

***

Wir schoben uns an den dutzenden Reportern vorbei, die sich mit ihren Kameras und Mikrofonen vor dem Gerichtsgebäude drängten und gingen mit schnellen Schritten hinein. War ja klar, dass der Vorfall in unserer kleinen Stadt für Aufsehen sorgte und jede Menge Presse anzog.

Sie tummelten sich wie Haie um einen blutigen Kadaver und wir im Innern des Gebäudes waren die Beute. Nachdem wir durch die Kontrolle kamen, führte man uns in die zweite Etage zum Saal, vor dessen Türen bereits einige Leute warteten. Als wir näher kamen, sah ich Jason auf einer Steinbank sitzen und auf seinem Handy herumtippen. Direkt vor dem Saal stand eine weinende Frau, die von einem Mann in den Armen gewiegt wurde.

Das mussten die Eltern des Mädchens sein. Mit einem dicken Kloß im Hals ging ich zu ihnen und sprach ihnen mein Beileid aus und als die Mutter mich daraufhin in die Arme nahm und fest drückte, konnte ich mir eine Träne nicht verkneifen.

»Komm jetzt, Liebling. Er wird seine gerechte Strafe bekommen«, flüsterte der Mann ihr zu und zog sie mit einem entschuldigenden Gesicht von mir weg. Ein Gong erklang und wir Anwesenden wurden in den Saal gebeten.

Ich drehte mich zu Jason um, der unmittelbar hinter mir saß und starrte ihn an. Als er meinen Blick bemerkte, sah er auf, doch seine Augen waren nicht etwa kalt oder abweisend, sondern erschreckend leer, als würde er nichts für mich empfinden.

»Hi«, sagte ich und wischte mir die Träne weg, die noch nicht ganz auf meiner Wange getrocknet war. Er gab mir das *Hi* zurück und schaute mich abwartend an, doch plötzlich wusste ich nicht, was ich sagen sollte.

Eigentlich wusste ich es schon, nur fiel mir kein vernünftiger Satz ein, der seiner wochenlangen Erniedrigung auch nur annähernd gerecht geworden wäre. Er musste mich für vollkommen bescheuert halten, wie ich so vor ihm stand, doch er sagte nichts. Er schaute mich einfach nur an.

»Claire, kommst du?«, erlöste mich Vicky aus der peinlichen Lage. Ich nickte und folgte ihr, ohne mich noch einmal zu ihm umzudrehen.

Super, Claire. Du hast dich wieder einmal zur Vollidiotin gemacht!

***

Als ich den Saal betrat, sah ich zu meiner rechten Seite den Angeklagten sitzen, wandte mich aber sofort wieder ab. Ich wollte mich erst einmal setzen, bevor ich ihm ins Gesicht blickte, denn mit jedem weiteren Schritt hatte ich das Gefühl, auf wackeligem Untergrund zu laufen.

Als Zeugen hatten wir zunächst freie Platzwahl und setzten uns auf die Anreihung von Stühlen. Neben mir rutschten Vicky und die anderen auf die Plätze, Jason kam als letzter herein und nahm ganz außen neben Zac Platz.

Dann schwenkte mein Blick zu dem Angeklagten, der ruhig und gefasst auf seinem Stuhl saß und geradeaus starrte.

Er sah gar nicht aus wie jemand, der solch eine Tat verüben konnte. Andererseits, wer tat das schon?

Richard konnte nicht viel älter sein als ich, er hatte schwarze Haare, trug schwarze

Sachen und war eher schmächtig gebaut. Mein Gott, kein Wunder, dass ich Jason mit ihm verwechselt hatte, er könnte wirklich sein Bruder sein. Obwohl, beim näheren Betrachten erkannte ich eine tiefe Akne in seinem Gesicht, die es geradezu verunstaltete.

Als der Richter eintrat, erhoben wir uns und als wir wieder saßen, wurde die Anwesenheit der Zeugen sowie des Täters überprüft. Schließlich mussten alle Zeugen den Saal verlassen und ich war froh, dass Vicky und Co. ebenfalls dazugehörten, denn andernfalls hätte ich alleine mit Jason vor der Tür sitzen müssen.

Da Richard die Tat bereits gestanden hatte, mussten wir nicht lange warten. Schließlich wurde ich als Zeugin aufgerufen und obwohl ich absolut nichts verbrochen hatte, fühlte ich mich wie eine Hexe auf dem Weg zum Scheiterhaufen.

Das hier war meine erste Gerichtsverhandlung, hätte man mich da nicht vorwarnen können? Dieses beklemmende Gefühl, inmitten dieser ganzen fremden Menschen zu sitzen, behagte mir überhaupt nicht und vor allem der Blick des Verteidigers schüchterte mich ein – was zweifellos beabsichtigt war.

Ich wurde nach meinen Personalien gefragt, ob ich verwandt oder verschwägert mit dem Angeklagten war und schließlich befragt. Dabei musste ich die Nacht Revue passieren lassen und während ich sprach, konnte ich mich einfach nicht dazu überwinden, zu Richard zu schauen.

Ich wollte es, wollte, dass er den ganzen Hass und Schmerz in meinen Augen sah, doch ich brachte es einfach nicht über mich. Wenn ich zu ihm schaute, würde ich womöglich in Tränen ausbrechen – nicht vor Pein, sondern vor Wut, aber das Resultat würde dasselbe sein und diese Genugtuung wollte ich ihm nicht geben.

Niemand hatte etwas an meiner Aussage zu beanstanden, also wurde ich entlassen und nahm im Zuschauerraum Platz.

Schon komisch, da hatte man nichts verbrochen und fühlte sich trotzdem so eigenartig bedrückend. Ich konnte jedenfalls nur hoffen, nie wieder einen Gerichtssaal betreten zu müssen. Als nächstes wurde Lynn hereingerufen, dann Bryan, Vicky und Zac und alle gaben ihre Beobachtungen und Einschätzungen zu dem Täter ab.

Ich konnte es immer noch nicht glauben, dass er das Mädchen noch in derselben Nacht getötet hatte, in der er auch mich angefallen hatte. Was, wenn es genau anders herum gewesen wäre? Er hätte auch zuerst sie und dann mich nehmen können, dann wäre ich jetzt an ihrer Stelle und sie würde hier sitzen und Richard ins Gesicht schauen.

Gott, das war so ungerecht. Wie konnten so schreckliche Dinge nur auf der Welt geschehen? Es war eine Sache, jeden Tag über Todesopfer und Gräueltaten zu lesen und so schrecklich es auch war, aber ein Großteil unserer Gesellschaft war wohl schon so abgeschreckt, dass er nur noch bei den besonders grässlichen Taten hinhörte. Ein Zeuge und gleichzeitig

Opfer zu sein, war dagegen etwas gänzlich anderes – und etwas, worauf ich liebend gern verzichten konnte.

Als letzter Zeuge wurde Jason in den Saal gerufen und als er eintrat, setzte ich mich unbewusst ein Stück auf. Obwohl die Beweise gegen Richard erdrückend waren, wurde Jason befragt, als sei er der Verdächtige.

Die Vorgehensweise des Verteidigers war brutal, aber das war ja nun mal sein Job. Jason schlug sich aber weitaus tapferer als ich und ließ sich von seinen provozierenden Fragen nicht aus der Fassung bringen. Nun behauptete Richard aber, mich und Lisa zwar missbraucht haben zu wollen, uns aber nichts ins Getränk getan zu haben und der Verteidiger versuchte, letzteres natürlich Jason anzuhängen.

»Haben Sie gesehen, wie Richard Ihnen etwas ins Glas getan hat?«, fragte er mit provozierender Stimme.

»Nein«, antwortete Jason knapp.

»Und Sie meinen, mein Mandant war in der Lage, etwas ins Getränk zu tun, ohne dass Sie es bemerken?«

»Offensichtlich, denn ich habe es nicht getan und am Glasrand wurden Rückstände der Droge festgestellt«, antwortete Jason ruhig.

»Sie können also nicht bezeugen, dass mein Mandant etwas ins Glas getan hat«, beharrte er.

»Nein«, sagte Jason. Der Verteidiger verschränkte die Arme vor der Brust und beugte sich auf seinem Tisch nach vorn.

»Warum wollten Sie Mrs. Daniels überhaupt einen Drink spendieren? Laut ihrer Aussage war doch Mr. Bennett ihre offizielle Begleitung.«

»Ich wollte ihr imponieren«, kam es ohne zu zögern und ich spürte meine Wangen heiß werden. Gott, war das peinlich. Musste er solche persönlichen Fragen stellen?

Ich fühlte mich vor all diesen Leuten bloßgestellt, was nicht zuletzt an den verstohlenen Blicken lag und konnte auf eine detaillierte Beschreibung unseres angeknackten Verhältnisses getrost verzichten. Doch genau das tat der Verteidiger.

Er befragte Jason zu Dingen, die überhaupt nichts mit dem Fall zu tun hatten, nur um von den Taten seines Mandanten abzulenken, doch irgendwann wurde es auch dem Richter zu bunt und er unterband die Befragung.

Am Ende wurde Jason nicht belangt und Richard K. wegen zweifacher versuchter Vergewaltigung verurteilt.

Für die Drogenmischung konnte man ihn wegen Mangel an Beweisen nicht belangen, was seine Strafzeit schier verkürzte.

Es gab noch einmal große Furore, als sich der aufgelöste Vater darüber empörte und er tat mir schrecklich leid, doch entschieden war entschieden – die Drogenangelegenheit blieb offen.

Kapitel 19

Eine Woche später hatte sich Jason mit unserem Freundeskreis wieder warm gemacht, so dass er wie gewohnt zu Kinoabenden und Partys mitkam. Nur ich war kein Stück mit ihm weitergekommen, denn er wollte immer noch nichts mit mir zu tun haben.

Heute war ich mit Taylor zum Frühshopping verabredet und als er pünktlich um 10 Uhr an der Haustür klingelte, steckte ich mir gerade den zweiten Ohrring an und eilte die Treppe hinunter.

Ich konnte nicht umhin zuzugeben, dass die Sache mit Jason immer noch an mir nagte, denn ich konnte es einfach nicht ertragen, dass er mich ignorierte, während er mit den anderen wie gewohnt herumalberte. Ich vermisste seine alte Art, die neckischen Bemerkungen, die mich stets in den Wahnsinn trieben und seinen verkorksten Humor. Am schlimmsten war jedoch, dass ich mich von Tag zu Tag gespaltener mit Taylor an meiner Seite fühlte. Einerseits wollte ich unbedingt mit ihm zusammen sein und ein sorgloses Leben führen – was an seiner Seite garantiert wäre, aber ein anderer viel stärkerer Teil von mir wollte das mit Jason auf alle Fälle klar stellen, denn es fühlte sich einfach nicht richtig an.

Vor allem wollte dieser Teil aber … mehr. Mehr, als jemals zwischen mir und Jason gewesen ist und das war nicht richtig. Oder doch? Wer entschied überhaupt über richtig und falsch?

Ich war von Tag zu Tag verwirrter und wägte die Vor- und Nachteile jede Nacht erneut ab. Am schlimmsten war jedoch, dass Taylor meine Zweifel nicht unbemerkt blieben.

Ich war mir sicher, dass er ahnte, was in meinem Innern vor sich ging und das machte mich unendlich traurig. Er hatte keine trostlose Freundin wie mich verdient, sondern eine, die ihn bedingungslos liebte, die ihn glücklich machte und keinem anderen nachweinte.

Denn seien wir mal ehrlich, ich wollte mich nicht nur mit Jason aussprechen, viel stärker vermisste ich ihn und das mehr als nur auf freundschaftlicher Ebene.

Und wenn auch nur ein Fünkchen Courage in mir stecken würde, würde ich Taylor darüber in Kenntnis setzen. Das war ich ihm schuldig, so rührselig wie er sich die letzten Wochen um mich gekümmert hatte.

»Hey«, sagte ich und ließ mir einen Kuss auf den Mund geben, dann nahm ich seine Hand und gemeinsam machten wir uns zum Shoppingcenter auf. Auch am heutigen Tag lag wieder eine Anspannung in der Luft, welche zum Greifen nahe war, dennoch sagte niemand etwas von uns.

Vielleicht hofften wir beide, dass sich die Kluft wieder schließen würde, welche sich seit dem Prozess zwischen uns aufgetan hatte, doch ich glaubte nicht wirklich daran. Ich konnte mich meiner Gefühle für Jason nicht länger wehren und ich musste das mit Taylor bereden. Nur wie? Wo sollte ich anfangen? Wie sollte ich es ihm erklären?

Wir schlenderten gerade an einem Café vorbei, das sich in der zweiten Etage befand, als ich Jason an einem der Tische entdeckte - und er war nicht allein.

Ich blieb stehen, doch das bekam Taylor nicht mit, denn er steuerte bereits auf Jason zu. *Nein! Was machst du denn? Komm zurück!*, rief ich ihm stumm hinterher und folgte zögernd.

Peinlich genug, dass ich Jason in dieser kniffligen Situation begegnete, warum musste es Taylor da noch schlimmer machen, indem er sich dazugesellte? Doch es half kein Jammern und kein Murren. Ich hätte mich nur lächerlich gemacht, wenn ich hier stehengeblieben wäre und auf ihn gewartet hätte.

Ich war dafür verantwortlich, dass Jason wochenlang von seinen Freunden abgeschnitten war, also musste ich wenigstens den Anstand besitzen und mich ihm stellen. Ich trat in dem Moment an Taylors Seite, als er Jason ansprach, doch zu meiner Überraschung begrüßte er ihn nur flüchtig und wandte sich dann an seine Begleitung.

»Hey Stacy, hast du kurz Zeit? Es geht um das Referat«, sagte er und klopfte ihr auf die Schulter. Aha, sie war also in seinem Lehrgang. Stacy strahlte zuerst ihn und dann mich an, unwissend, in was für ein Dilemma ich mich gerade befand.

»Hey Taylor, na klar. Entschuldigst du mich kurz?«, fragte sie an Jason gewandt, der überrascht aussah.

»Geh ruhig, ich renne nicht weg«, sagte er. Was ich von mir selbst nicht behaupten konnte, denn *ich* wäre nur allzu gerne weggelaufen. Jason schenkte ihr sein verwegenes Lächeln.

Das Lächeln, das früher immer für mich bestimmt war, so dass ich einen kleinen Stich verspürte.

Mich hingegen würdigte er nur eines kurzen Blickes, dann lehnte er sich lässig zurück, nahm einen Schluck Kaffee und ließ seinen Blick über die Menschenmenge schweifen.

Er ließ mich spüren, wie wenig er von meinem Erscheinen beeindruckt war und ich konnte es ihm nicht verdenken. Gott, wie bescheuert ich mir vorkam. Da stand ich, die Einkaufstüten in der Hand und vollkommen eingeschüchtert. Ich hatte ihn seit Wochen nicht gesehen, so dass mich sein Aussehen wie ein Schlag traf.

Ob ich mich jemals an seinen Anblick gewöhnen würde? An diese durchdringenden und dunklen Augen? Ich löste mich von seinem magischen Anblick und sah mich nach Taylor um, der sich angeregt unterhielt.

Dabei fragte ich mich, ob sie Jasons feste Freundin war oder nur ein weiteres Betthäschen?

Jason ignorierte mich immer noch und schlürfte gemütlich seinen Kaffee, ich nahm all meinen Mut zusammen und sagte:

»Es tut mir leid, Jason.« Sein Blick schwenkte zu mir und beim Anblick seiner kalten Augen zog sich mir der Magen zusammen. Jason hatte für gewöhnlich so wunderschöne Augen, doch nun waren sie kalt und hart.

Es tat mir in der Seele weh, dass er mich so ansah.

»Habe ich zur Kenntnis genommen«, erwiderte er und wollte seinen Blick schon wieder abwenden, doch ich fügte hinzu. »Ich stand damals unter Drogen und konnte nur schwarzsehen. Ich habe das wirklich nicht gewollt.

Glaub mir, es tut mir schrecklich leid.«

Er machte eine wegwerfende Handbewegung.

»Zerbrich dir nicht den Kopf darüber. Ich wurde freigesprochen und meine Freunde vertrauen mir wieder. Alles in Ordnung.«

»Nein, nichts ist in Ordnung«, erwiderte ich, wütend über seine Gleichgültigkeit.

»Ich habe dir schlimme Dinge an den Kopf geworfen und …«, doch da erklang Taylors Stimme hinter mir.

»Alles klar, wir können weiter.«

Ich verstummte und starrte Jason noch einen Moment an, doch als keine Reaktion erfolgte, drehte ich mich um und ging mit Taylor.

Kapitel 20

Auf dem Heimweg war es eigenartig still zwischen uns und ich fragte mich, ob Taylor etwas von unserer Unterhaltung mitbekommen hatte und sich nun seinen eigenen Teil dachte?

»Ihr scheint immer noch nicht weitergekommen zu sein«, bemerkte er irgendwann und warf mir einen Seitenblick zu. »Ja, er … ist ziemlich stur«, antwortete ich und schlang vor Unbehagen die Arme um mich. Es herrschte wieder eine Pause, dann sagte er:

»Und es scheint dich ziemlich mitzunehmen, wenn man bedenkt, wie sehr du ihn am Anfang gehasst hast.«

Sein Ton war neutral, dennoch hörte ich die unausgesprochene Frage darin. Taylor gab sich stets Mühe, verständnisvoll und gütig zu sein, aber ich glaube, auch er hatte seine Grenzen und da Jason schon immer ein sensibles Thema war, hatte ich nun das Gefühl, ihn besänftigen zu müssen.

»Hör zu, ich weiß, wie das für dich aussehen muss, aber ich muss das zwischen Jason und mir einfach richtig stellen. Ich kann nicht mit dem Gedanken leben, ihm die letzten Wochen zur Hölle gemacht zu haben und mich nicht dafür zu entschuldigen.

»Aber du hast dich doch schon tausend Mal entschuldigt oder hast es zumindest versucht. Er will es nur nicht hören.«

»Und genau da liegt das Problem. Ich will mich nicht nur entschuldigen, ich will vor allem, dass er mir verzeiht. Komm schon, Taylor, das bin ich ihm schuldig.«

Er schwieg eine Weile, gefasst wie immer, dann sagte er:

»Warum ist es dir so wichtig? Willst du, dass ihr euch wieder versteht oder willst du einfach nur den alten Jason zurück haben?« Ich erstarrte bei der letzten Frage, denn er hatte es wie immer auf den Punkt gebracht.

»Weißt du, ich habe es versucht, ich habe wirklich versucht, darüber hinweg zu sehen, doch je länger ich es ignoriere, desto lachhafter komme ich mir vor.«

»Was meinst du mit lachhaft?«, fragte ich.

Er seufzte.

»Claire, ich sehe doch, wie du ihn ansiehst und ich sehe, wie du dich quälst. Du willst doch gar nicht mit mir zusammen sein. Noch bevor wir zusammen waren, habe ich gewusst, dass da etwas zwischen dir und Jason ist, dass ihr euch trotz eurer Streitigkeiten zueinander hingezogen fühlt, aber ich habe es ignoriert. Das Gefühl hat sich dann noch einmal bestärkt, als Jason in unser Date geplatzt ist. Ich bin nicht blind, Claire und ich habe gesehen, wie sehr dich euer Streit mitnimmt.

Wie fertig du warst, als seine Unschuld endgültig bewiesen war und er immer noch nichts mit dir zu tun haben wollte.«

Gott, so wie er das sagte, klang es mehr als grausam. Als hätte ich die ganze Zeit über nur an mich gedacht und eigentlich stimmte das ja auch. Anstatt mich um unsere Beziehung zu kümmern, hatte ich nur an mein schlechtes Gewissen und an Jason gedacht.

»Es tut mir so leid, Taylor. Du musst mich für einen egoistischen und schrecklichen Menschen halten ... «

»Tue ich nicht, aber ich sehe, dass es keinen Sinn macht und einen Großteil trage ich wohl selbst dazu bei. Ich hatte kaum Zeit für dich und Jason dadurch mehr Platz eingeräumt, so dass es eigentlich unvermeidbar war, dass ihr euch irgendwann näher kommt.«

»Taylor ... ich will, dass du weißt, dass ich es versucht habe. Ich wollte es, aber ...«

»Das weiß ich doch und ich bin dir auch nicht böse - nicht mehr. Man kommt nun mal nicht gegen seine Gefühle an und auch wenn ich dich wirklich mag und es mir im Herzen weh tut, lasse ich dich gehen.

Ich will einfach nur, dass du glücklich bist und ich bin mir sicher, dass wir Freunde bleiben werden.« Als er mir einen Kuss auf die Stirn drückte und mich fest in die

Arme nahm, konnte ich meine Tränen nicht länger zurückhalten.

Er war so lieb, so verständnisvoll und noch nie hatte jemand auf so wunderbare Art mit mir Schluss gemacht.

Er hatte wirklich etwas Besseres verdient und ich wünschte ihm die beste Freundin der Welt.

***

Als ich nach Hause kam, war niemand da und ich erinnerte mich, dass Vicky heute mit ihren Eltern unterwegs war. Da ich jedoch das starke Bedürfnis hatte, mich jemandem anzuvertrauen, schrieb ich ihr eine Nachricht. Denn auch wenn Taylor und ich im Guten auseinandergegangen waren, war mir elendig zumute.

Unsere Beziehung hatte gerade einmal zwei Monate gehalten und abgesehen davon, dass ich damit einen persönlichen Rekord aufgestellt hatte, konnte ich es immer noch nicht so recht glauben - zumindest nicht den Grund.

Denn dieser war nicht etwa, dass wir uns nicht mehr verstanden oder hassten, sondern weil er etwas erkannt hatte, wovor ich die ganze Zeit meine Augen verschlossen hatte. Es war nie Taylor gewesen, den ich haben wollte, sondern Jason.

Und weil mich meine innere Vernunft schützen wollte, hatte ich mir eingeredet, dass Taylor der Richtige für mich sei. Damit hatte ich aber nicht nur mir selbst etwas vorgemacht, sondern auch ihm und das tat mir unendlich leid. Dass er die Sache auch noch so gefasst und souverän beendete, zeigte nur, was für ein wundervoller Mensch er war. Ich würde immer etwas für ihn empfinden - nur eben freundschaftlich.

Eine Stunde später kam Vicky durch die Haustür gestürmt.

Ich saß am Küchentisch und beobachtete, wie sie sich eilig die Sachen auszog und achtlos auf den Boden warf.

»Ich hab Mom und Dad so schnell abgehängt, wie ich konnte und nun erzähl doch mal.« Das tat ich und Vicky hörte gespannt, aber auch wenig überrascht zu. Sie nickte an manchen Stellen, als habe sie das ein oder andere schon eher gewusst und so war es ja auch.

Sie hatte nicht nur einmal an meine Gefühle appelliert, doch ich war einfach zu stur gewesen, um die Wahrheit ihrer Worte zu begreifen.

»Und jetzt stehe ich vor dem wohl größten Problem«, beendete ich meine Rede.

»Jason«, sagte Vicky nickend. »Ich glaube nicht, dass er in den nächsten hundert Jahren mit mir reden wird, nicht nachdem, was ich ihm an den Kopf geworfen habe«, sagte ich.

»Warum, was hast du denn so schlimmes gesagt?«, fragte Vicky, die sich in der Zwischenzeit Popcorn zubereitet hatte und nun kauend vor mir saß, als wäre ich ein spannender Action-Thriller. Ich biss mir auf die Lippe und griff selbst in die Schale.

»Also … ich habe dir doch gesagt, dass mir Jason auf der Arbeit aufgelauert ist.« Sie nickte kauend.

»Nun ja, vielleicht habe ich ein klitzekleines bisschen untertrieben, als ich sagte, ich hätte ihn vergrault.«

»Los, spuck's aus. Wenn man bedenkt, dass er selbst mit *mir* tagelang nicht sprechen wollte, musst du ziemlich fies gewesen sein«, vermutete sie. Ich lachte humorlos.

»So kann man es auch sagen. Ich hab ihn einen lästigen Parasiten genannt und vorgeworfen, dass er verzweifelt ist, weil er mir schon so lange hinterherrennt. Naja und noch ein paar andere Gemeinheiten.« Vicky hatte aufgehört zu kauen und sah mich entgeistert an.

»Mann, Claire, was war denn mit dir los?« Ich warf hilflos die Hände in die Luft.

»Ich weiß auch nicht, ich war einfach sauer und fühlte mich in die Ecke gedrängt. Zu dem Zeitpunkt hatte ich ihn ja auch noch für den Täter gehalten und da wollte ich ihn schnell loswerden.

Ich dachte mir, da er sowieso lügt, würden ihn meine Worte nicht sonderlich treffen.

Ich war selbst überrascht, als er einfach davongegangen ist.«

Vicky schüttelte mit einem mutlosen Gesicht den Kopf, was mich angespannt werden ließ. Sie sollte nicht so gucken, sie sollte mir aufmunternd zulächeln und sagen, dass alles wieder gut werden würde! Stattdessen sagte sie:

»Du weißt schon, dass Jason ein Arschloch sein kann, wenn er will?« Ich nickte.

»Oh ja, das weiß ich.«

»Und du hast ihn tief verletzt.« Ich nickte wieder.

»Ich hab ehrlich gesagt keine Ahnung, wie ich an ihn herantreten soll, aber ich versuch es mal. Am besten, wir lassen aber ein paar Tage Gras über eure Trennung wachsen.

Wenn du jetzt sofort bei ihm angekrochen kommst, denkt er womöglich, du willst dich nur bei ihm ausheulen, weil Taylor mit dir Schluss gemacht hat.«

Ich sah sie empört an, denn das würde ich nie tun, nickte dann aber.

Lieber das Ganze etwas ruhig angehen.

Kapitel 21

Heute war meine Chance, denn das erste Mal seit Wochen würde Jason wieder etwas mit uns allen unternehmen. Wir waren heute auf dem Rummel verabredet und eine bessere Gelegenheit würde sich mir wohl nicht bieten.

Zwei ganze Wochen waren seit meiner und Taylors Trennung vergangen und ich hatte sogar meinen heutigen Lerntag verschoben, um mich Jason zu stellen. Er musste mich also anhören, er musste mir einfach verzeihen! Jason, Zac, Bryan und Lynn warteten bereits vor dem Riesenrad, als Vicky und ich dazu stießen.

Ich winkte einmal in die Runde, damit es nicht so auffiel, wenn ich alle anderen freundschaftlich begrüßte und Jason nur die Hand gab, denn ich musste vorsichtig mit ihm umgehen, mich ganz allmählich an ihn herantasten. Jason war wie ein Löwe, unkontrollierbar und unvorhersehbar und wenn er zuschnappte, konnte das schnell hässlich werden.

Ich wollte ihm also keinen weiteren Grund geben, auf mich wütend zu sein.

»Oh oh«, hörte ich Vicky plötzlich sagen und drehte mich zu ihr um. Da sah ich, dass sie und Lynn mich wie versteinert musterten. Ich hob die Brauen.

»Was ist denn mit euch los?«, fragte ich, doch sie schüttelten beide den Kopf wie Marionetten, die an unsichtbaren Fäden gezogen wurden.

»Nichts«, sagte Vicky und zog Lynn zum nächsten Süßigkeiten-Stand mit. Hä? Was hatten die denn für ein Problem? Ich zuckte die Schultern und drehte mich zu Bryan und Zac um, die ihre Lose aufwickelten und sich über die Nieten ärgerten.

Ich beobachtete sie dabei und grinste, denn auch das zehnte Los brachte keine nennenswerten Punkte ein. Irgendwann, so nach dem zwanzigsten Los lachte Zac dann auf.

»Tadaaaa«, sagte er stolz und wickelte das Papier auf.

»Wow, eine Wundertüte«, höhnte Bryan und zog es ihm aus der Hand.

»Hey Westwood, mit Tüten kennst du dich doch am besten aus«, rief er Jason feixend zu. Ich musste ebenfalls lachen und folgte seinem Blick, als ich Jason in den Armen einer mir unbekannten Frau bemerkte. Oder hielt *er* sie?

Ich konnte es nicht genau sagen, denn mein Gehirn spielte einen Moment verrückt, setzte auf Standbild und spulte dann vor und zurück, als hätte es einen Dateifehler.

Jason drehte sich grinsend zu Zac um und verwies auf die Tüte in seiner Innentasche, als sich unsere Blicke trafen.

Das Lächeln, das ich immer noch auf dem Gesicht hatte, floss ganz langsam davon, dann war der Moment auch schon wieder vorbei und er beugte sich zu seiner Begleitung herunter, die ihm etwas zuraunte. Hatte ich irgendetwas nicht mitbekommen? Wo kam diese Blondine denn eigentlich so plötzlich her? Kannte er sie oder hatte er sie gerade erst kennengelernt?

Ich drehte mich zu Vicky und Lynn um, die eigenartigerweise verschwunden waren und sah dann wieder zu Jason, der mit ihr davonspazierte. Ich war unfähig, mich zu bewegen, geschweige denn etwas zu sagen. Da hatte ich mich heute herausgeputzt, um mich bei ihm zu entschuldigen und meine Gefühle zu gestehen und jetzt das?

»Kommst du mit zum Schießstand?«, fragte Bryan und riss mich aus meinen alptraumhaften Gedanken heraus.

»Du siehst so verlassen aus.« Ich gab ein bitteres Schnauben von mir, denn das traf es so ziemlich auf den Punkt.

Jason hatte offenbar zu alten Gewohnheiten zurückgefunden und schwänzelte schon wieder mit anderen Frauen herum und Vicky machte sich aus dem Staub, damit sie meinen Wut- oder

Heulanfall (ich hatte mich noch nicht entschieden) nicht ertragen musste.

»Klar, warum nicht«, sagte ich und suchte die Umgebung noch einmal nach den beiden Verräterinnen ab, doch sie waren wie vom Erdboden verschluckt.

Am Schießstand angekommen, mussten wir fast zwanzig Minuten warten, eh wir endlich drankamen, so groß war der Andrang. Und als ich einen Blick auf das saftige Preisgeld warf, verstand ich den regen Menschenauflauf.

Auf Zacs Einladung zu einem Schuss lehnte ich allerdings dankend ab und schaute den beiden lieber dabei zu. Zac war ganz gut und traf sechs von zehn Zielscheiben, Bryan stellte sich allerdings so schlecht an, dass er mir ein Lachen entlockte.

Doch wenn man dachte, Bryan ließ sich von seinen miserablen Trefferquoten einschüchtern, war man schief gewickelt, denn er versuchte es noch ganze drei Runden lang. Am Ende hatte er eine Menge Geld dagelassen und eine Handvoll

Trostpreise in Form von Süßigkeiten und Lesezeichen bekommen. Zac war da besser dran, auch wenn er mit den drei Kuscheltieren überhaupt nichts anfangen konnte. Er teilte sie auf mich und später auf Vicky und Lynn auf, wir zogen zum Gruselkabinett weiter, doch da klinkte ich mich aus.

»Macht ihr mal, ich warte draußen«, sagte ich und stellte mich an den Rand. Nicht, dass mir das peinlich war, ich war durchaus für solche Späße zu haben, aber im Moment hatte ich wirklich andere Sorgen und die liefen soeben an mir vorbei. Jason sah mich nicht, dafür stand ich in einem zu ungünstigen Winkel, doch *ich* konnte ihn ganz genau sehen. Von seiner Begleiterin war jedoch keine Spur. Aha, vielleicht doch nur eine kurzweilige Bekanntschaft?

Er hielt an einem Glühweinstand und ich setzte mich sofort in Bewegung.

Ich musste ihn ansprechen, jetzt oder nie, doch auf halbem Wege sah ich, wie die Blondine wieder auftauchte und ebenfalls auf ihn zusteuerte. Sie hatte einen Zuckerwattestab in der Hand und stellte sich breit grinsend vor ihn.

Ich lenkte ruckartig nach links und huschte hinter einen Bratwurststand. Zuckerwatte? Im Ernst? Wer war diese blöde Kuh überhaupt? Ich wartete, bis sich die beiden fortbewegten und lief dann wieder zum Gruselkabinett zurück, um auf Bryan und Zac zu warten.

Zwanzig Minuten später standen wir wieder alle beisammen und Vicky und Lynn waren mittlerweile auch aufgetaucht. Ich wollte sie gerade wegen ihres Verschwindens anfahren, als Jason auf uns zukam, allein.

Ich hielt noch kurz nach seiner Begleitung Ausschau, die nirgends zu sehen war und fing ihn ab, eh er unsere Gruppe gänzlich erreicht hatte. Mehr als abweisen konnte er mich ja nicht und da er das in den letzten Wochen gefühlte einhundert Mal getan hatte, war ich bereits abgehärtet.

»Erwischt man dich endlich mal ohne Begleitung?«, fragte ich bissig und stellte mich ihm mit verschränkten Armen in den Weg. Verdammt, das klang schärfer als beabsichtigt. *So versöhnst du dich aber nicht mit ihm!*, dachte ich und hielt ihm versöhnlich eine Tüte gebrannter Mandeln hin. Ich merkte, wie es leiser um uns herum wurde, auch wenn sich die anderen Mühe gaben, ihre Gespräche weiterzuführen.

Mit einem Ohr hörten sie aber nun definitiv zu, Jasons unbeschwerter Gesichtsausdruck verwandelte sich in eine kalte Maske und er starrte mich an, als könne er nicht glauben, dass ich ihn tatsächlich angesprochen hatte.

Dann schüttelte er den Kopf.

»Keinen Appetit, danke.« Er nippte an seinem Becher und wollte sich wegdrehen, doch ich packte ihn am Arm und hielt ihn zurück. Er sah mich mit großen Augen an. »Komm schon, Jason, gib mir wenigstens die Chance, mich richtig bei dir zu entschuldigen.«

»Ich will deine Entschuldigung nicht, es würde sowieso nichts ändern, also lass mich in Ruhe.« Mittlerweile hatten es die anderen aufgegeben, Desinteresse vorzutäuschen und starrten uns unverhohlen an. *Das* und seine barsche Antwort machten mich wütend.

»Du bist ein sturer eingebildeter Arsch, weißt du das? Ich weiß selber, dass ich Mist gebaut habe, das brauchst du mir nicht auch noch so deutlich unter die Nase reiben!«, sagte ich mit erhobener Stimme.

»Wieso nicht? Du kannst ruhig etwas leiden, immerhin hast du mir die letzten Wochen zur Hölle gemacht. Und was soll das Ganze überhaupt mit der Entschuldigung? Bin ich jetzt, wo Taylor mit dir Schluss gemacht hat, etwa wieder interessant? Schon eigenartig, dass du dich erst Wochen, nachdem meine Unschuld bewiesen wurde, wieder ansprichst. Oder bist *du* jetzt hier die Verzweifelte?«, fragte er und warf mir damit dieselben Worte an den Kopf, die ich in der Gasse zu ihm gesagt hatte.

Er zerdrückte den Becher in der Hand, donnerte ihn in den nächsten Mülleimer und marschierte davon. Ich war wie vor den Kopf gestoßen, ich konnte nicht glauben, dass er es so darlegte und dann auch noch vor unseren Freunden.

Ob ich es nötig hätte? Als ob ich mich mit ihm versöhnen wollte, um mit ihm in die Kiste zu steigen!

Ich wollte etwas erwidern, wollte ihm erklären, dass Taylor doch nur mit mir Schluss gemacht hatte, weil ich in Wirklichkeit *ihn* wollte und dass ich die ganze Zeit über auf Vickys und Taylors Rat hin gezögert hatte, doch ich war zu wütend, um auch nur einen weiteren klaren Gedanken zu fassen.

Ich machte auf dem Absatz kehrt und steuerte den nächstbesten Stand an, um gedankenverloren und wütend ins Leere zu starren.

Dieses Arschloch. Dieses verdammte Arschloch, fluchte ich aufgebracht. Wie konnte er mich nur so demütigen? Ja, ich hatte ihm Unrecht getan und fälschlicherweise beschuldigt und ja, auch er hatte sich vor seinen Freunden wochenlang gedemütigt gefühlt.

Aber das hatte ich doch nicht mit Absicht getan! Ich konnte mich an diesem Abend eben nur an schwarze Sachen erinnern und Jason war der Einzige gewesen, der Schwarz getragen hatte. Es war also keine Absicht gewesen, doch was er eben abgezogen hatte, war bewusst geschehen, um mich zu kränken.

Gott, ich konnte nicht glauben, dass er wirklich so kaltherzig sein konnte. Und auch wenn er keine Gefühle mehr für mich hegte, so deutlich hätte er es wirklich nicht machen müssen.

Als ich ankündigte, nach Hause zu fahren, meldeten sich Vicky und Lynn sofort als Begleitung an - wahrscheinlich hatten sie ein schlechtes Gewissen.

Also fuhren wir Frauen nach Hause, während die Männer blieben und sich amüsierten.

***

»Er ist nun mal ein Sturkopf. Wahrscheinlich hält er es für seine Pflicht, dich zu bestrafen«, sagte Lynn, die auf dem Rücksitz saß, doch ich schüttelte heftig den Kopf.

»Ich bin auch stur, trotzdem würde ich mich nie so benehmen.« Das brachte mir einen ungläubigen Seitenblick von Vicky ein, die den Wagen gerade in die Einfahrt lenkte.

»Naja, das stimmt sooo nicht ganz. Oder muss ich dich daran erinnern, wie fies du anfangs zu Jason warst?« Ich warf ihr einen bösen Blick zu.

»Aber nur, weil Jason ein eingebildeter Frauenheld war oder muss *ich* dich daran erinnern, wie er sich anfänglich benommen hat?«

Sie zuckte die Schultern.

»Ihr seid beide schuld an diesem Schlamassel. Jason, weil er sich seine Gefühle erst viel zu spät eingestanden hat und du, weil du Taylor als Schutzschild benutzt hast, um dir Jason vom Leib zu halten. Dabei haben wir alle gewusst, dass es zwischen dir und Jason gefunkt hat.«

»Hey!«, sagte ich empört.

»Ich habe Taylor nicht als Schutzschild benutzt, ich habe ihn wirklich gemocht. Es ... sollte nur eben nicht sein.«

Ich sah, wie sie und Lynn über den Rückspiegel Blicke tauschten und seufzte laut.

»Okay, du hast recht, aber das ist keine Absicht gewesen.«

»Das behauptet auch niemand, aber so war es nun mal und jetzt ist es an dir, die Sache geradezubiegen.«

»Wie denn? Dieser Idiot lässt doch nicht mit sich reden«, stöhnte ich, womit ich wieder am Anfang stand und die Debatte ging weiter.

Kapitel 22

Tage später hatte ich mich immer noch nicht mit Jason ausgesprochen, was definitiv nicht an mir lag. Denn neuerdings war sein Handy fast ganztägig ausgeschaltet und nicht einmal mit Vicky wollte er sprechen - zumindest nicht oft. Sie war aber die Einzige, die ihm näher stand und mich auf dem Laufenden halten konnte und auf dem Laufenden musste ich bleiben, wenn ich einen günstigen Moment erhaschen wollte.

Gut, da gab es noch seine Kumpels Alex und Will, doch mit denen hatte ich nichts zu tun. Vicky sollte mir Bescheid geben, sobald Jason für ein weiteres Gespräch bereit war, doch leider hatte sie auch heute keine guten Nachrichten für mich.

Gott, das war zum Verrücktwerden. Ich wusste, dass er mich bestrafte und zappeln ließ, aber das machte es nicht besser. Ich fühlte mich trotzdem mies, auch wenn ich wusste, dass er sich vielleicht irgendwann beruhigte. Und so nagte das Gewissen Tag für Tag an mir und beeinträchtigte mich erheblich beim Lernen. Aber auch auf der Arbeit machte sich mein Zwist bemerkbar, denn ich ging oft lustlos an unsere Kunden heran und musste mir ein freundliches Lächeln abringen.

Heute war es besonders schlimm, denn ich hatte eine übergewichtige Kundin, die sich partout nicht mit unseren schmalgeschnittenen Mänteln abfinden wollte. Es könne doch nicht sein, dass ihr unsere Mäntel plötzlich nicht mehr passten.

Sie war doch eine treue Kundin und kam schon jahrelang bei uns einkaufen. Ich konnte sie aber schlecht fragen, ob sie nicht das eine oder andere Kilo zugelegt hatte, seit sie sich vor einem Jahr den letzten kaufte, also musste ich ihr Gemecker über mich ergehen lassen und ihr am Ende noch einen Gutschein für die Unannehmlichkeiten ausstellen.

Man überlege sich das mal! Ich konnte nur hoffen, dass sich Jason bald beruhigte, denn mit meinem angeschlagenen Gemüt konnte ich solche Kunden im Moment nur schwer ertragen.

Als nächstes betrat eine schwarzhaarige Frau mittleren Alters das Geschäft. Sie hatte lockige Haare, die sie zu einer Hochsteckfrisur aufgebunden hatte und sie kam zielstrebig auf mich zu.

»Guten Tag«, begrüßte sie mich, bevor ich es tun konnte und warf einen Blick auf mein Namensschild.

»Herzlich Willkommen bei *Maxime's Boutique*«, sagte ich und wollte fragen, ob ich ihr weiterhelfen könne, doch sie fuhr unbeirrt fort.

»Sind Sie Claire? Claire Daniels?«, fragte sie und musterte mich neugierig.

»Ja, das bin ich«, sagte ich und beäugte sie vorsichtig. War sie eine Kundin? Hatte ich etwas angestellt?

»Ich bin Elena Westwood, Jasons Mutter.«

Da war ich erst einmal baff. Was sagte man in so einem Moment und vor allem, was wollte sie?

»Sehr erfreut«, sagte ich schließlich und streckte ihr die Hand hin, welche sie mit einem festen Händedruck ergriff.

»Was führt Sie hierher? Hat Jason Sie geschickt?«, fragte ich und konnte nicht sagen, welches Gefühl bei dieser Vorstellung überwog. Mrs. Westwood sah etwas verlegen aus, als sie antwortete:

»Genau genommen … weiß er gar nicht, dass ich hier bin. Haben Sie vielleicht eine Minute?«

»Natürlich. Einen Moment«, sagte ich und eilte die Treppe hinauf. Dabei stellte ich mir nur eine Frage: Wenn Jason sie nicht geschickt hatte, was wollte sie dann von mir und woher wusste sie, dass ich hier arbeitete?

»Juliette? Ich habe gerade eine alte Bekannte getroffen, kann ich kurz vor die Tür gehen?«, fragte ich und unterbrach sie beim Kleideraufhängen.

»Mach nur, mach nur. Heute ist sowieso nichts los. Aber hab ein Auge auf den Eingang, falls wir Kunden bekommen.«

»Alles klar«, sagte ich und eilte die Treppe wieder hinunter.

»Wir wäre es mit einem Café?«, schlug Elena vor, als ich wieder bei ihr war und deutete auf die andere Straßenseite.

»Geht leider nicht. Ich muss sprungbereit bleiben, aber ein Eis tut es auch«, sagte ich und deutete auf den Eiswagen, der ein Geschäft weiter parkte. Sie lächelte charmant und sagte:

»Warum nicht?« Also schlenderten wir zum Eiswagen.

»Sicher fragen Sie sich, was ich hier tue und ich muss vorab sagen, dass ich gewöhnlich nicht zu Überraschungsbesuchen neige, aber im Moment bin ich sehr verzweifelt.«

Wir waren beim Wagen angekommen und sie bestellte vier Kugeln; zwei für mich und zwei für sich, dann entfernten wir uns ein Stück und sie fuhr fort:

»Normalerweise machen mein Mann, Jason und ich mehrmals im Jahr einen Kurzurlaub und er hatte unsere Treffen noch nie abgesagt, bis vor einem Monat. Gut, habe ich mir gedacht, man kann nicht immer Zeit haben, also habe ich ihn nicht weiter genervt.

Aber mein Sohn und ich telefonieren mindestens ein Mal die Woche und auch das hatte er immer wieder verschoben und die wenigen Male, die ich mich nicht habe abwimmeln lassen, war er mehr als wortkarg und lustlos.

So kenne ich Jason gar nicht und es ist schon lange her, dass ich ihn so erlebt habe. Damals wurde er von seiner großen Liebe betrogen und war am Boden zerstört.« Ich schluckte. Jason wurde mal betrogen?

»Da war er sechzehn Jahre alt und soweit ich weiß, hat er sich seitdem nie wieder verliebt.« Sie lächelte wissend, bevor sie fortfuhr.

»Natürlich spricht Jason nicht darüber, aber er hat im Laufe der Zeit einige gute

Freundinnen gehabt, mit denen ich selbst im Kontakt stand. Ich habe ihm nicht hinterherspioniert«, wehrte sie sofort ab.

»aber ich habe mich ab und an nach seinen Romanzen erkundigt.« Sie lächelte wieder.

»Ich glaube, das würde jede Mutter tun, wenn sie einen Sohn wie Jason hat. Wir alle wünschen uns doch eine nette Schwiegertochter, nicht?« Bei den letzten Worten zwinkerte sie mir verschmitzt zu, so dass ich nicht anders konnte, als es zu erwidern. Sie hielt mich also für eine tolle Schwiegertochter? Ich mochte diese Frau jetzt schon.

»Jedenfalls stehe ich auch im Kontakt zu deiner Cousine und nachdem sich Jason so sonderbar verhalten hat, habe ich sofort ein Mädchen dahinter vermutet. Nennen Sie es Mutterinstinkt, aber ich merke sofort, wenn es bei Jason um eine junge Dame geht.

Vicky hat mir dann ein bisschen über Ihr ... Verhältnis zu Jason erzählt und hier stehe ich nun. Ich muss Sie um Nachsicht für meinen Sohn bitten. Die Trennung hat ihn damals wirklich sehr mitgenommen und seitdem ist er Frauen gegenüber sehr ... verschlossen.«

Wir lachten beide, denn das war nun wirklich eine mehr als großzügige Umschreibung für sein Gebaren.

»Doch aus dem, was ich von Vicky erfahren habe«, fuhr sie fort,

»scheint er Sie sehr zu mögen und wenn ich ehrlich bin, kann ich es mir nicht länger mit ansehen, wie Jason um die Weltgeschichte ... reist.

Ich glaube, ich habe das Recht auf eine nette Schwiegertochter und Sie scheinen genau die Richtige für ihn zu sein«, sagte sie augenzwinkernd. Ich lachte verlegen.

»Davon würde ich ihn auch gerne überzeugen, aber leider lässt Jason nicht mit sich reden.«

»Genau deshalb bin ich hier. Ich gebe Ihnen die Möglichkeit dazu, indem ich Ihnen seine Adresse anvertraue.«

»Seine Adresse?«, fragte ich vollkommen perplex. Ich meine, niemand wusste, wo er wohnte, selbst Vicky nicht. Obwohl, wenn ich mir so überlege, wie nahe sich Vicky und Elena standen, hatte sie es vielleicht doch die ganze Zeit über gewusst - nur war sich Jason darüber nicht im Klaren.

»Wird er nicht sauer sein, wenn Sie mir seine Adresse geben?«, fragte ich mit gemischten Gefühlen.

Ich würde seine Privatsphäre verletzen und ihn damit nicht gerade friedlicher stimmen, andererseits reizte es mich ungemein, sein privates Reich zu sehen. Gott, ich fühlte mich wie Pinocchio auf dem Weg zur Vergnügungsinsel. Ich wusste, dass es untersagt war, dorthin zu gehen und trotzdem konnte ich nicht widerstehen. Aber wurden am Ende nicht alle Kinder in Esel verwandelt?

Ich wollte aber kein Esel sein!

»Kommt darauf an, wie überzeugend Sie sind. Wenn Sie sich mit ihm versöhnen, wird er mir ewig dankbar sein, dass ich Ihnen die Adresse gegeben habe, wenn nicht ...«

Sie zuckte die Schultern und drückte mir einen Zettel in die Hand.
»Er ist mein Sohn, er wird nicht lange sauer sein.
Hat mich gefreut, Sie kennenzulernen, Claire, ich würde Sie gerne in meiner Familie begrüßen.«
Sie winkte überschwänglich und ging davon, ich konnte ihr nur mit halboffenem Mund hinterherstarren.
Okay, jetzt war klar, woher Jason diese Selbstsicherheit nahm!
Und jetzt? Ich starrte den Zettel in meiner Hand an, als wüsste ich nichts damit anzufangen und steckte ihn erstmal weg. Ich hatte also seine Adresse, jetzt brauchte ich nur noch den dazugehörigen Mut, zu ihm zu fahren.

***

Der restliche Arbeitstag war natürlich die reinste Folter, denn in meinem Inneren fand ein bitterer Kampf statt. Sollte ich zu ihm fahren oder nicht? Sollte ich die Sache ein für alle Mal klären oder noch ruhen lassen, die Initiative ergreifen oder warten, bis er zu mir kam? Und wenn er nie kam? Wenn ich ihn so sehr verletzt hatte, dass er sich nie wieder davon erholte?

Dass er in jungen Jahren betrogen wurde, machte die Sache nicht gerade leichter. Denn wenn man bedachte, dass er sich nach so vielen Jahren erst bei *mir* wieder öffnete und was ich ihm an den Kopf geworfen hatte, standen meine Chancen mehr als schlecht.

»Ist alles in Ordnung, Schatz?«, riss mich Juliette aus meinen Gedanken. Ich schreckte hoch und drehte mich zu ihr um. »Ja, warum?«, fragte ich. Sie schmunzelte.

»Weil es schwierig sein dürfte, die Taschen aufzubügeln.«

Ich verstand nicht, was sie meinte und schaute auf meine Hände. Dann sah ich, dass ich anstatt der Mäntel die neuen Taschen versucht hatte aufzubügeln und die erste bereits auf der Stange hing.

»Ach herrje«, sagte ich. Wie hatte das denn passieren können?

Lächelnd ging Juliette davon und ich machte mich eilig daran, den Bügel wieder herunterzunehmen und von den Trägern der Tasche zu befreien. Irgendwann war dann endlich Feierabend, doch mit meinem Dilemma war ich immer noch nicht weiter. Sollte ich oder sollte ich nicht? Und würde er mich überhaupt anhören, wenn ich plötzlich vor ihm stand?

Ich meine, ich hatte doch keine Ahnung, wie er reagieren würde.

Er könnte mich mit offenen Armen empfangen, okay eher unwahrscheinlich, oder mir die Tür vor den Kopf knallen, was wahrscheinlicher war. Mutlos stieg ich in mein Auto und fuhr nach Hause.

Kapitel 23

Nachdem ich drei quälend lange Tage gezögert und Elenas Zettel immer wieder hervorgeholt hatte, fasste ich all meinen Mut zusammen und stieg in mein Auto. Ich hatte genug Trübsal geblasen, ich musste die Sache endlich beenden.

Ob es zu meinen Gunsten war oder nicht, aber ich konnte nicht länger in der Luft hängen. Wenn Jason mir nicht zuhörte, dann hatte ich es wenigstens versucht und konnte das Kapitel abschließen, wenn er mich allerdings anhörte … Mein Herz schlug höher bei dem Gedanken und ich klammerte mich fest an die Hoffnung, dass selbst er nicht so herzlos sein konnte und mir wenigstens zuhören würde.

Ich musste ja nur erklären, warum ich solche gemeinen Dinge gesagt und warum

Taylor überhaupt Schluss gemacht hatte, dann würde, hoffentlich, alles gut werden.

Ich informierte Vicky, die auf die Frage hin, ob sie denn nun wüsste, wo Jason wohnte, nur gezwinkert hatte, über mein Vorhaben und tippte die Adresse ins Navi ein.

Sie wünschte mir alles Glück der Welt und kaum hatte ich meine Schuhe angezogen, nahm sie auch schon das Telefon in die Hand, um Lynn anzurufen. Super, noch eh ich bei Jason war, würden all unsere Freunde wissen, was ich vorhatte.

Gott, ich konnte nur hoffen, dass ich ihnen am Ende des Tages Freudiges berichten konnte. Ich gab Gas und musste zugeben, dass ich gespannt auf Jasons Wohnsitz war, denn die Straße, die auf dem Papier stand, sagte mir rein gar nichts und so klein wie unsere Stadt war, hätte ich doch sicher zumindest schon einmal davon gehört.

Das Navi schickte mich an den Rand der Stadt und als ich diesen eine halbe Stunde später erreichte, runzelte ich die Stirn. Ich stand vor einem Portal, das in ein häuserbesiedeltes Gebiet führte.

Häuser, keine Wohnungen, wohlbemerkt! Hatte sich Elena eventuell verschrieben oder ich mich vertippt?

Ich kontrollierte meine Eingabe mit ihrem Geschriebenen und kam zu demselben Ergebnis.

Eigenartig. Ich lenkte den Wagen in die Einfahrt und klapperte die Hausnummern ab. Es handelte sich bei der Siedlung nicht um Luxusimmobilien, wie etwa Vickys Niederlassung eine war, aber die Grundstücke lagen weit voneinander entfernt, so dass man seine Privatsphäre hatte und die Gebäude sahen von außen sehr gemütlich aus.

Das letzte Haus war Jasons und als ich den Motor ausgeschaltet hatte und ausgestiegen war, musste ich mich zusammennehmen, um meine Gedanken in die richtige Richtung zu lenken.

Warum er in einem Haus und nicht in einer Wohnung lebte, war erst einmal zweitrangig.
Es gab viel Wichtigeres zu klären!

***

Ich klingelte zwei Mal und es dauerte eine Weile, bis sich etwas tat, dann hörte ich Schritte hinter der Tür und sie öffnete sich. Als Jason in mein Blickfeld trat und mich erkannte, erstarrte er und ich tat dasselbe, allerdings aus einem anderen Grund als er.

Er trug eine schwarze bequeme Hose, sonst nichts und sogar barfuß überragte er mich fast um zwei Köpfe. Sein schlanker Oberkörper war frei und gab einen guten Blick auf seine schmale, aber definierte Taille und seine trainierten Arme.

Der Anblick ließ mich schlucken und es war, als wollte er mich mit dem verhöhnen, was ich nie würde haben können, nur dass er seinem Gesicht nach zu urteilen, mehr als überrascht war, mich zu sehen. Er hatte wohl gerade geduscht, denn seine Haare waren noch feucht und tropften ihm auf die Schultern. Er wischte sich eine nasse Strähne aus dem Gesicht und sagte:

»Claire«, doch es hörte sich mehr nach einer Frage an.

»Darf ich reinkommen?«, fragte ich unsicher, weil er mich immer noch mit diesem seltsamen Ausdruck ansah. Dann, als würde er ruckartig aus seiner Starre erwachen, nickte er und trat beiseite. Ich ging an ihm vorbei und sah mich um. Ganz anders als erwartet, bevorzugte Jason helle Möbel, was die Einrichtung betraf und auch der Boden und die Wände waren in zarten Tönen gehalten.

Es war nichts Besonderes und ich entdeckte auch das ein oder andere IKEA-Möbelstück, aber ich fand es traumhaft. Gegenüber dem Eingang befand sich das Wohnzimmer und dieses war von großen Fenstern eingerahmt, die einen wunderbaren Blick auf den Wald gaben, der hinter seinem Haus wartete. Nie hätte ich geahnt, dass es Jason so schön und idyllisch hatte.

»Hier wohnst du also«, stellte ich fest.

Er nickte und führte mich ins Wohnzimmer an eine beige Ledercouch. Ich streifte meine Jacke ab, legte sie über die Lehne und setzte mich auf seine Einladung hin, dabei beobachtete ich, wie er in die offene Küche ging und mir Wasser einschenkte.

Als er wiederkam und es mir gereicht hatte, setzte er sich mir gegenüber und war immer noch leicht bekleidet, so dass ich mich fragte, ob er mich damit einschüchtern wollte?

»Also, wie kann ich dir weiterhelfen?«, fragte er lässig, tatsächlich sah ich aber das wachsame Lodern in seinen Augen.

»Du weißt genau, was ich will, Jason. Mich entschuldigen«, sagte ich und nahm einen Schluck Wasser, weil meine Kehle ganz trocken war. Er sah mich lange an, dann sagte er:

»Und wenn ich deine Entschuldigung endlich annehme, lässt du mich dann in Ruhe?«

»Nein«, sagte ich auf seine unverblümte Frage hin und war selbst überrascht über meinen scharfen Ton. Ich räusperte mich und zwang mich zur Ruhe und obwohl ich die nächsten Worte schon so oft geübt hatte, musste ich auf meine Hände starren, als ich sagte:

»Es reicht mir nicht, mich einfach nur mit dir zu versöhnen. Ich will …« Er richtete sich etwas auf.

»Ja? Was willst du?« Ich nahm einen zittrigen Atemzug und sprach das aus, was mir schon vor Wochen klargeworden war, ich mir aber nie eingestehen wollte.

»Ich will *dich*«, brachte ich schließlich heraus. Daraufhin war es still, so still, dass ich aufsehen und mich vergewissern musste, dass er überhaupt noch im Raum war.

»Warum? Ich denke, du hasst mich?« Darüber musste ich lachen.

»Vicky hat gesagt, Liebe und Hass liegen sehr nahe beieinander … ich glaube, sie hat recht.« Wieder Stille und wieder fing mein Herz laut zu pochen an, so dass ich mir sicher war, dass er es hören konnte.

»Sag doch was«, meinte ich nach einer gefühlten Ewigkeit, doch er sah mich nur unverwandt an.

Gott, wie ich die Eigenschaft an ihm verabscheute! Warum konnte er mir in dieser Situation in die Augen sehen, während ich seinem Blick keine drei Sekunden standhalten konnte? Das war so unfair.

»Was willst du von mir hören? Dass ich dir verzeihe? Dass alles wieder gut ist?«

Für den Anfang würde es schon reichen, wenn du dir ein Shirt überziehst, dachte ich hibbelig. Halbnackt vor mir zu sitzen, machte meine Befangenheit nämlich nicht gerade besser.

»Ich will nur die Wahrheit … dann bin ich weg.«

»Dann bist du weg«, murmelte er zu sich selbst.

»So so. Gut, ich kann dir die Wahrheit sagen: Ich liebe dich, Claire. Das ist mir spätestens klar geworden, als wir uns auf meinem Geburtstag geküsst haben und hinterher im Wald habe ich alles stehen und liegen lassen, um zu dir zu fahren, weil ich mir solche Sorgen um dich gemacht habe.«

Ich versuchte zu schlucken, doch der Kloß in meinem Hals verhinderte es. Er liebte mich? Jason Westwood liebte mich?

Ich wollte aufspringen und ihm um den Hals fallen, doch dann sah ich seine Augen, die alles andere als Liebe ausstrahlten. Irgendwie beschlich mich das Gefühl, dass da noch ein riesengroßes *Aber* kommen würde.

»Am Anfang warst du nichts weiter als eine süße reizbare Versuchung, die eine Herausforderung darstellte, weil du die beste Freundin meiner besten Freundin warst, aber dann war da plötzlich mehr und ich war von meinen Gefühlen so überrumpelt, dass ich automatisch abgeblockt habe.

Das war der Abend, an dem wir uns geküsst haben und ich dich bei Vicky zurückgewiesen habe.«

Er machte eine Pause, als wolle er, dass ich die Informationen sacken ließ, dann fuhr er fort:

»Ich weiß, dass du dich gewundert hast, warum ich danach so distanziert war und ich bin dir eine Erklärung schuldig. Du musst wissen, dass ich in jungen Jahren tief verletzt wurde und mir geschworen habe, nie wieder eine Frau so nahe an mich heranzulassen. Als ich dann begriff, dass es bereits zu spät war und ich mich in dich verliebt habe, wolle ich nur noch so weit wie möglich von dir weg.

Ich wollte mich damit selbst schützen, aber dann hast du mich um Hilfe gebeten und ich merkte erst später, dass ich alles stehen und liegen gelassen hatte, nur um zu dir zu kommen, also war ich danach wieder verschlossen.

Aber was ich auch tat, womit ich mich auch abzulenken versuchte, ich konnte dich einfach nicht vergessen und als ich mir dann endlich einen Ruck gegeben habe, hattest du plötzlich ein Date mit Taylor und ich war wie vor den Kopf gestoßen.« Ich war sprachlos und konnte kaum glauben, dass das wirklich Jason war, der mir gegenübersaß und sein Innerstes offenbarte.

So kannte ich ihn gar nicht und zum ersten Mal fragte ich mich, ob ich Jason überhaupt jemals gekannt hatte? Wie Lynn schon sagte, hatte er sich stets von seiner reservierten und arroganten Seite gezeigt, aber dieser Jason hier konnte über seine Gefühle sprechen, ohne rot zu werden und ohne einen Hehl daraus zu machen.

»Doch anstatt einen Rückzieher zu machen«, fuhr er fort.

»habe ich mir geschworen, dich nicht einfach so ziehen zu lassen, vor allem, weil ich wusste, dass du für Taylor nicht dasselbe empfindest wie für mich. Glaub mir, das hat wenig mit Arroganz zu tun, sondern vielmehr mit Erfahrung.

Ich habe es in deinen Augen gesehen, in deiner Körperhaltung und es hat mich wütend gemacht, dass du es einfach nicht einsehen wolltest. Deshalb auch die ständigen Neckereien. Und dann kam der Tag, an dem du mich verdächtigt hast und ich wurde wieder vollkommen zurückgeworfen.

Mir war klar, dass, egal was ich auch sage oder versuche, du mir nie wieder trauen würdest - zumindest solange nicht, bis meine Unschuld bewiesen war.«

»Aber trotzdem hast du es versucht«, sagte ich und erinnerte mich an unsere Begegnung in der Gasse zurück. Sein Blick verfinsterte sich und ich wusste, dass er an meine niederschmetternden Worte dachte.

»Ja«, sagte er belegt.

»Ich wollte dir meine Unschuld beweisen, indem ich dem Täter selbst auf die Schliche komme, doch dann kamst du mir in die Quere.«

»Gott, Jason, das war alles überhaupt nicht ernst gemeint. Ich war so wütend und dachte, du wärst der Täter, dass ich irgendwas gesagt habe, ohne auf deine Gefühle zu achten.

Ich wollte dich einfach nur loswerden.«

Ich konnte nicht verhindern, dass sich eine Träne aus meinem Auge stahl und wischte sie schnell wieder weg.

Jason sah es, machte aber keine Anstalten, mir ein Taschentuch zu bringen und seine Augen blieben weiterhin unbewegt.

»Ich weiß, das weiß ich jetzt.«

»Und trotzdem hast du mich nichts erklären lassen«, sagte ich vorwurfsvoll. Plötzlich stand er auf und stellte sich mit dem Rücken zu mir ans Fenster.

»Wie auch, wo Taylor mit dir Schluss gemacht hat? Ich wünschte, ich könnte etwas anderes denken, aber für mich sieht es so aus, als willst du dich einfach nur bei mir ausheulen.«

Das ließ mich wütend werden und ich stand ebenfalls auf.

»Du kapierst es einfach nicht! Taylor hat nur aus einem Grund mit mir Schluss gemacht und zwar wegen dir!

Er konnte es nicht mit ansehen, wie mich unser Streit zerfrisst und als er eingesehen hat, dass ich Gefühle für dich habe, hat er die Notbremse gezogen.«

»Gefühle?«, fragte er verdutzt und drehte sich zu mir um.

»Ja, Jason, Gefühle und wenn ich mich nicht so stur gestellt hätte, wäre dieser ganze Schlamassel nie passiert. Aber du bist auch nicht besser. Wenn du mich so sehr wolltest, warum hast du auf dem Jahrmarkt dann mit dieser Blondine rumgemacht?

»Vanessa? Hab ich nicht. Sie ist eine ehemalige Freundin, die ich zufällig getroffen habe. Ich wollte sie loswerden, aber sie hat sich ständig an meine Fersen gehängt.«

»Aha«, sagte ich und fühlte einen großen Stein vom Herzen fallen. Wir sahen einander an und Jason musterte mich mit diesen unergründlichen schwarzen Augen, dann kam er plötzlich auf mich zu.

Ich war so überrumpelt, dass ich zurückwich, doch als ich gegen die Wand stieß, hatte er mich bereits eingeholt.

»Was soll das?«, fragte ich, aber er antwortete nicht. Stattdessen legte er meinen Kopf an seine Brust und schloss mich fest in die Arme.

»Also beruht das ganze Theater auf einem blöden Missverständnis?«, fragte er und seine tiefe Stimme vibrierte an meiner Brust. Ich nahm meine Handflächen, die ich ihm auf den Bauch gesetzt hatte, um ihn auf Abstand zu halten, runter und legte sie um seine Taille. Seine nackte Haut war warm und schien Feuer zu fangen, dort wo ich ihn berührte.

»Sieht so aus«, sagte ich und atmete seinen unverwechselbaren Duft ein. Als ich zufällig über seine Schulter blickte, sah ich diese grässliche Tasse auf der Kommode stehen.

Ich hatte sie ihm vor ein paar Wochen zum Geburtstag geschenkt und als Zeichen meiner *Wertschätzung* einen großen Scheißhaufen auf den Grund der Tasse gemalt.

Ich löste mich von seinem Körper und ging darauf zu.

»Du hast sie noch?«, fragte ich entsetzt und nahm sie in die Hand. Am liebsten hätte ich das Unding auf den Boden geschmettert und Jason, der es zu ahnen schien, kam schnell auf mich zu und nahm sie mir aus der Hand.

»Warum hast du sie aufgehoben, sie ist schrecklich!« Er betrachtete die Tasse gedankenverloren und sagte:

»Weil es das einzige ist, dass ich von dir habe und das mich an dich erinnert.« Ich hob eine Braue.

»Du willst mir also sagen, dass du an mich denkst, wenn du diese Tasse siehst?«, fragte ich erschüttert. Er lachte über meinen Gesichtsausdruck und zog mich so schnell an sich, dass ich erschrocken nach Luft schnappte.

»Du weißt ganz genau, was ich meine, mein kleiner Giftzwerg.«

Dann seufzte er.

»Wenn du wüsstest, wie ich dich vermisst habe.« Er vergrub seine Nase in meinem Haar und drückte mein Gesicht fest an seine Brust. Dann beugte er sich zu mir herab und küsste mich auf eine Weise, wie er es nie zuvor getan hatte. Mir war, als würden meine Sinne dahinschwinden und diesmal war das Gefühl weder mit Alkohol noch mit bewusstseinsverändernden Wirkstoffen verbunden.

Nein, diese Reaktion rief einzig und allein Jason in mir hervor - meine ganz persönliche Droge. Nach einiger Zeit lösten wir uns voneinander und schauten uns tief in die Augen.

»Du bist so ... anders«, sagte ich irgendwann.

»So offen.« Er lächelte.

»Gefällt es dir?«

»Ja, obwohl ich sagen muss, dass der geheimnisvolle Jason durchaus seine Reize hatte.« Er küsste mich wieder, dann hob er mich schwungvoll auf die Arme und trug mich zum Sofa.

Ich klammerte mich überrascht an ihm fest, protestierte aber nicht. Ich war so glücklich, dass er mich den Rest meines Lebens so hätte halten können.

»Ich mag diese Seite auch viel lieber an mir, vor allem das Verliebtsein, aber ich habe lange gebraucht, um mich wieder zu öffnen.

Ich habe es für dich getan«, sagte er und gab mir einen Kuss auf die Stirn. Er setzte mich sanft auf der Couch ab und kniete sich zwischen meine Beine, wobei er mich immer noch überragte.

»Was ist damals passiert?«, fragte ich und strich ihm die nassen Strähnen aus dem Gesicht. Gott, das war alles so unwirklich. Vor einer halben Stunde habe ich noch darum gebeten, dass er mich überhaupt anhört und nun lag ich in seinen Armen! Und jetzt, wo ich so darüber nachdachte, waren die letzten Wochen, ja die letzten Monate doch eigentlich vollkommen unnötig gewesen.

Ich hatte ein solches Chaos veranstaltet und das nur, weil ich mir meine Gefühle zu Jason nicht eingestehen wollte! Er schaute an mir vorbei und ich sah, wie sein Blick in die Vergangenheit abdriftete.

»Ich war sechzehn Jahre alt und das erste Mal richtig verliebt. Sie hieß Monica und war drei Jahre älter als ich. Ich bin gerne mit meinen älteren Freunden weggegangen und weil ich schon damals groß für mein Alter war, hatte ich nie Probleme gehabt, mich in Clubs einzuschleusen. Dort habe ich sie dann kennengelernt.

Sie sprach mich an, wir tanzten miteinander und noch am selben Abend hatte ich mein erstes Mal. Ich war sehr verliebt in sie und wir waren drei Monate lang glücklich, doch dann tauchte dieser Kerl auf und verprügelte mich mitten auf dem Schulhof - und das vor meinen ganzen Freunden.

Doch Monica, die ebenfalls auf meine Schule ging, stand einfach nur daneben und anstatt mir schließlich hochzuhelfen, hat sie sich diesem Dreckskerl auch noch an den Hals geworfen.

Wie ich später herausfand, war er ihr Exfreund, den sie mit mir eifersüchtig machen wollte, um sich für einen Seitensprung zu rächen. Und dass er mich verprügelt hat, war für sie wohl so etwas wie ein Zugeständnis seiner Gefühle.« Er lachte bitter.

»Das hat ihr dann so imponiert, dass sie zu ihm zurückgekehrt ist und das ist das Ende der Geschichte. Naja, nicht ganz. Ich habe mit Taekwondo angefangen, um mich nicht noch einmal so demütigen zu lassen und ich habe mich nie wieder verliebt - bis jetzt.«

Er sah mich an und ich begriff das gesamte Ausmaß seiner Worte.

»Mein Gott, es muss für dich ausgesehen haben, als würde ich nur mit Taylor zusammen sein, um dich eifersüchtig zu machen.« Er nickte und ich zog ihn fest zu mir heran.

»Gott, Jason, so war das nicht. Ich mochte Taylor und ich wollte mit ihm zusammen sein,. aber nicht, um dich zu verletzen, sondern ...«

»Weil du ein Sturkopf bist, ich weiß«, sagte er lächelnd und löste meinen Körper von seinem, um mich anzusehen.

»Ich verzeihe dir und du musst mir verzeihen, dass ich so ein Arsch gewesen bin. Ich konnte die Vorstellung nur einfach nicht ertragen, dass die Frau, der ich mich nach so langer Zeit wieder geöffnet habe, dieselbe Nummer mit mir abzieht.

Das war vernichtend und ich wollte dich einfach nur leiden sehen.«

»Und das habe ich. Gott und wie ich gelitten habe. Ist jetzt alles zwischen uns in Ordnung?«, frage ich und betrachtete ihn sehnsüchtig.

»Nicht ganz, woher weißt du, wo ich wohne?«, fragte er grinsend und sah gleich vier Jahre jünger aus. Am liebsten hätte ich ihm die nassen Tropfen vom Gesicht geküsst.

»Deine Mom, sie hat mich auf der Arbeit besucht.«

»Oh bitte, das hat sie nicht getan!«, sagte er und vergrub den Kopf an meiner Brust.

»Doch.«

»Ist das peinlich«, nuschelte er. Ich lachte und zog sein Gesicht zu mir hoch, um ihn zu küssen. Er schmeckte süß, nach Erdbeeren und als sich unsere Lippen diesmal berührten, machte sich ein ganz anderes Gefühl in mir breit.

Ich zog ihn dichter zu mir heran und öffnete meine Beine, um ihn näher heran zu lassen. Er sah zu mir auf, um sich zu vergewissern, ob er die Einladung auch richtig deutete und legte sich dann auf mich.

Das ging so schnell, dass ich gar nicht merkte, wie mir geschah. Gerade saß ich noch auf der Sofakante und in der nächsten Sekunde lag ich plötzlich auf der Couch und Jason auf mir. Als er mich diesmal küsste, spürte ich seinen stählernen Körper nur zu deutlich auf mir, aber auch etwas anderes Hartes.

Leider beendete er den Kuss viel zu schnell. Er richtete sich auf, strich sich die Haare aus dem Gesicht und grinste mich an.

»Nicht so schnell. Ich habe so lange darauf gewartet, da werde ich dich bestimmt nicht auf dem Sofa nehmen«, sagte er schwer atmend. Mich nehmen? Ich musste schmunzeln.

»So, wo dann?«, fragte ich ebenfalls japsend.

»Das wirst du noch früh genug erfahren, aber zuerst«, sagte er und zog mich auf die Beine.

»Gehen wir feiern.«

»Feiern?«, wiederholte ich verblüfft.

»Lynn und Bryan geben eine Party, schon vergessen?«

Damit gab er mir einen weiteren stürmischen Kuss und ich muss sagen, dass mich schon allein die Berührung seiner Lippen so unglaublich glücklich machte, dass ich mein Leben lang nichts lieber getan hätte, als ihn zu küssen.

Kapitel 24

Damit Vicky keine peinliche Überraschungsfeier auf die Beine stellen konnte, schickte ich eine SMS vor, bevor Jason und ich eintrafen. Nachdem wir uns ausgesprochen hatten, war er in seine dunklen Sachen geschlüpft und wir waren noch einmal zu mir gefahren, damit ich mich umziehen konnte.

Vicky war bereits fort, so dass wir das Haus ganz für uns alleine hatten und eh wir uns auf den Weg machten, war eine weitere Stunde vergangen. Doch keine Sorge, denn Jason, der plötzliche Kavalier, hielt fest an seinem Keuschheitsgelübde.

Von unseren Lippen hatten wir uns dennoch nur schwer lösen können.

In meinem Glücksrausch hatte ich ganz vergessen, Jason nach dem Haus zu fragen, doch während ich mich im Zimmer ankleidete, klärten sich meine Gedanken und es fiel mir wieder ein. Ich kam angezogen die Treppe hinunter gelaufen und sah Jason in der Küche stehen und aus dem Fenster schauen.

Als er mich kommen hörte und sich zu mir umdrehte, hätte ich weinen können vor lauter Glück. Er sah so gut aus in seinen schwarzen Sachen, dass er einem gefallenen Engel glich und das Wissen, dass er von nun an mir gehörte und *nur* mich wollte, war fast schmerzhaft in der Brust.

»Du hast mir noch nicht gesagt, warum du in einem Haus wohnst, anstatt in einer Wohnung«, sagte ich und schlüpfte in meine Straßenschuhe. Als er damals bei uns eingezogen war, hatte er gesagt, dass seine halbe Wohnung abgebrannt war, weil der Nachbar mit einer Zigarette in der Hand eingeschlafen war.

Die Wohnung hatte monatelang saniert werden müssen und daraufhin hatte Vicky ihn vorübergehend aufgenommen.

So war zumindest seine Version gewesen und nun fragte ich mich, was davon wirklich stimmte? Er kam ebenfalls zur Garderobe und zog sich an.

»Das hat zwei Gründe.

Erstens habe ich in der Vergangenheit schlechte Erfahrungen damit gemacht, wenn ich mit einem Haus prahlte, denn das hat leider immer die schlechten Charaktere angelockt und zweitens hatte ich keine Lust, dass mich irgendeine Exgeliebte terrorisiert. Glaub mir, da kann dir Will ein Lied von singen.

Also habe ich mich hilfsbedürftiger gegeben, als ich bin und mir damit die materialisierten Leute vom Hals gehalten.« Ich schlang ihm die Arme um die Mitte und legte meine Nase an seinen Hals, um sein Parfüm einzuatmen.

»Also habe ich mir einen reichen Schnösel geangelt?«, fragte ich frech. Er gab mir einen flüchtigen Kuss und zog mir die Jacke an, als wäre ich ein hilfloses Kind. War er nicht fürsorglich?

Ich musste mich wirklich erst an seine neue Seite gewöhnen.

»Reich nicht gerade, aber ich habe mir ein kleines Sümmchen angespart und in das Haus gesteckt.«

»Und der Brand?«, fragte ich, als wir das Haus verlassen hatten.

»Eine defekte Gasleitung, die Kosten hat zum Glück meine Versicherung übernommen.« Auf dem Weg zum Auto blieb er plötzlich stehen und schenkte mir einen frechen Seitenblick.

»Was ist?«, fragte ich und blieb ebenfalls stehen.

»Ich denke, jetzt kann ich es dir sagen«, meinte er grinsend und legte mir einen Arm um die Schulter. Als ich ihn weiterhin fragend musterte, führte er mich zum Auto und sagte:

»Was die Renovierungsdauer betrifft, hab ich vielleicht *etwas* geschummelt.«

»Inwiefern?«, hakte ich nach.

»Als ihr mich damals gefragt habt, wie lange es dauert, habe ich zwei Monate gesagt. Tatsächlich war es nur einer.«

Ich blieb stehen, weil ich es nicht glauben konnte.

»Du hast einen ganzen Monat länger als bei uns gewohnt, als nötig?«, fragte ich fassungslos lachend. Er zuckte unschuldig die Schultern.

»Es hat mir einfach zu großen Spaß gemacht, dich zu ärgern«, sagte er und drückte mich plötzlich gegen die Motorhaube. Ich keuchte überrascht auf, als seine Lippen auch schon wieder auf mir lagen.

»Und vor allem wollte ich …«, sagte er und wanderte mit den Lippen zu meinem Schlüsselbein.

»dir nahe sein.« Als er zart in meine Haut biss, musste ich ein Stöhnen unterdrücken und schaffte es nur widerwillig, ihn von mir zu schieben.

»Wenn du so weiter machst, schaffen wir es niemals zur Party«, sagte ich, woraufhin er mir ein raubtierhaftes Lächeln schenkte. Tatsächlich fragte ich mich, wie wir nur jemals die Finger voneinander lassen sollten und wie er sein Versprechen einhalten wollte? Widerwillig ließ er mich los und wir stiegen ein.

***

Als wir bei Lynn ankamen und dafür würde ich Vicky später umbringen, wurden wir jubelnd und klatschend empfangen. Grinsend küsste Jason meine Schläfe, während ich, peinlich berührt, versuchte, die Menge zu beruhigen, doch es war vergebens.

Außer den üblichen Verdächtigen wie Lynn, Vicky, Bryan und Zac waren noch Will, Alex und fünf weitere bekannte Gesichter anwesend, so dass die WG ziemlich voll war.

»Kannst du bitte damit aufhören?«, nuschelte ich Vicky zwischen zusammengebissenen Zähnen zu, als sie mich beglückwünschte und umarmte. Wir hatten hier immerhin keine Hochzeit bekannt gegeben!

Doch meine Cousine ignorierte mich wie immer beflissen.

»Also *ich* hab ja gewusst, dass ihr beiden noch zusammen kommt«, verkündete

Lynn stolz, woraufhin wir alle die Augen verdrehten. Ihr Göttergatte Bryan nahm ihr das Sektglas ab, welches gefährlich in ihrer Hand schwankte und leerte es selbst.

»Verstehe, ihr habt schon den ein oder anderen hinter die Binde gekippt«, schlussfolgerte ich grinsend und ließ mir ebenfalls ein Glas reichen.

»Irgendjemand muss eure Zusammenkunft ja feiern«, sagte Stacy gut gelaunt und drehte die Musik auf. Damit zog sie mich auf die Tanzfläche und die Party war eröffnet. Später tanzte ich dann auch mit Jason, doch anstatt mit dem schnellen Takt mitzuhalten, bewegten wir uns nur minimal.

»Woran denkst du?«, fragte ich, weil er mich ununterbrochen anstarrte. Seine Augen waren so dunkel und verlockend wie die schwarze See.

»Daran, dass ich dich nie wieder gehen lassen werde.«

Ich biss mir auf die Unterlippe, konnte mir ein breites Grinsen aber nicht verkneifen.

»Nie wieder?«

»Niemals«, bestätigte er und küsste mich so leidenschaftlich, dass ich alles um uns herum vergaß. Die Gesichter, die Stimmen, selbst die Musik verschwamm und ich fühlte mich zum wiederholten Male aus meinem Körper gerissen.

Ich konnte mich nicht daran erinnern, jemals so stark für jemanden empfunden zu haben und ich fragte mich, wie ich nur so lange meine Gefühle für ihn unterdrücken konnte?

Alles, was ich fühlte, alles, was ich hörte und sah, war Jason und auch ich würde ihn nie wieder gehen lassen.

Niemals.

***** Ende *****

Liebe Leserin, Lieber Leser,

wenn Ihnen mein Roman gefallen hat, würden Sie mir mit einer kurzen Rezension einen großen Gefallen tun. Ihre Empfehlung unterstützt nicht nur mich als unabhängigen Autor, sondern ist auch eine wichtige Hilfe für mögliche weitere Leser.

Wenn Sie Fragen oder Anregungen zu meinen Romanen haben, können Sie mich gerne über meine Website oder Facebook kontaktieren.
Ich freue mich immer, von meinen Lesern zu hören.

Hier finden Sie mich

http://www.mirandajfox.com/

https://www.facebook.com/pages/Miranda-J-Fox/685559378142580

Weitere Bücher und E-Books von mir

Love and Fire – Sammelband (Teil 1&2)

Als Emma von ihrem Freund betrogen und kurz darauf verlassen wird, beschließt sie mit ihrer Freundin ins Haus der Versuchung zu gehen, einer Mischung aus Diskothek und Swingerclub, um ihr

Selbstwertgefühl aufzubauen. Emma hat nur grobe Vorstellungen von dem, was sie erwartet, doch sicher rechnet sie nicht damit, dem begehrtesten Junggesellen der Stadt über den Weg zu laufen. Mit seiner anziehenden geheimnisvollen Art gelingt es ihm, Emma zu verführen, und alles könnte perfekt sein. Würde nicht plötzlich sein ebenso attraktiver Bruder auftauchen und James dunkle Vergangenheit aufdecken.

Dieser Sammelband beinhaltet den ersten und zweiten Teil der prickelnden und spannenden Erotik-Reihe.

Leseprobe

Kapitel 1

»Und wir wollen das wirklich tun?«, fragte Emma, als sie vor dem Lokal standen. Sie war noch nie in einem Swingerclub gewesen und es war auch nicht ihre, sondern Rachels Idee gewesen. Nachdem ihr Freund sie betrogen und kurz darauf verlassen hatte, um mit einer heißen vollbusigen Freundin durchzubrennen, war Emma in Selbstzweifel versunken.

Rachel hatte ihr ganze zwei Monate zureden müssen, um ihr Selbstwertgefühl so weit aufzubauen, dass sie sich wieder im Spiegel betrachten konnte.

Noch einen Monat später war sie wieder ausgegangen, doch Rachel war der Meinung, dass sie etwas Neues brauchte – ein Abenteuer. Und so hatte sie ihr vorgeschlagen, in einen Swingerclub zu gehen. Emma war anfangs entrüstet gewesen, doch nachdem Rachel von ihren sexuellen Affären schwärmte, hatte sie immer mehr das Verlangen gespürt eigene Erfahrung zu sammeln.

»Und wehe du schummelst«, mahnte Rachel sie zum gefühlt hundertsten Mal und gab ihr eine Maske. Seit sie aus dem Auto gestiegen waren, hatte Emma den

Blick gesenkt halten müssen, damit sie nicht den Clubnamen ablesen konnte.

Es sollte eine Überraschung sein. Sie setzten ihre Masken auf, um anonym zu bleiben und gingen weiter.

»Mach ich nicht, aber deine Geheimniskrämerei macht mich langsam nervös«, antwortete Emma.

»Es ist völlig normal, dass du nervös bist. Ich hab das schon oft gemacht. Glaub mir, danach fühlst du dich wie neu geboren.« Nachdem sie an den Türstehern vorbei waren, kamen sie in einen Vorraum, wo sie ihre Garderobe abgaben. Eine aufreizend gekleidete Empfangsdame legte ihnen Chip-Armbänder um, mit denen sie Getränke und Essen bezahlen konnten. Der Endbetrag würde dann anschließend am Check-out beglichen.

Ihre Mäntel und Handtaschen mussten sie abgeben, da andernfalls nicht für private Gegenstände gehaftet wurde, sowie ihren Personalausweis.

Schließlich gab man ihnen einen Flyer als Übersicht für die Bereiche und verwies sie auf die Eingangstür zum Club. Als Emma den Flyer genauer betrachtete, machte sie große Augen. Es gab sechs Bereiche: darunter eine Sauna, einen Darkroom, Hygieneräume und den Club selbst.

»Haus der Versuchung?«, las sie ungläubig vor, als ihr der Name des Clubs ins Auge fiel.

»Etwa *das* Haus der Versuchung? Der Club von James Carter?« Als Rachel nickte, fiel Emma beinahe aus den Socken. James Carter war der begehrteste und wohlhabendste Junggeselle der Stadt. Als er das 21. Lebensjahr erreichte, erbte er ein Vermögen, welches er anfangs in Stripclubs investierte.

Ein Jahr später gründete er eine Dating-Firma, die sich eigens mit der Verkupplung von Prostituierten und deren Kunden befasste. Und zwei Jahre darauf eröffnete er das *Haus der Versuchung*, eine Mischung aus Swingerclub und Diskothek.

Mit seinen heute grademal vierundzwanzig Jahren war James der reichste Junggeselle der Stadt und die Frauen lagen ihm in Scharen zu Füßen.

»Überraschung!«, sagte Rachel und zog sie durch den Vorraum direkt auf die Tanzfläche.

Der erste Bereich war ein gewaltiger luxuriöser Dancefloor. Es gab drei Bars, eine große spiegelnde Tanzfläche, auf der sich unzählige Menschen tummelten, und flackerndes Discolicht, welches von der Decke strahlte.

Die Elektromusik wummerte von den Seitenboxen auf sie ein, und als Rachel den befremdenden Gesichtsausdruck ihrer Freundin sah, lachte sie.

»Etwas anders, als du dir vorgestellt hast, oder?«

»Allerdings«, sagte Emma und schaute sich weiter um. Das Publikum war bunt gemischt. Neben den überwiegend jungen Gästen machte sie auch ältere Menschen aus. Viele trugen Masken, aber es waren auch einige dabei, die ihr Gesicht offen zeigten. Auch die Kleiderwahl war völlig unterschiedlich. Während manch einer gewöhnliche Straßenkleidung trug, waren einige in karnevalähnlichen Kostümen gekleidet und wieder andere trugen Reiz- oder Themen-Wäsche. Es war ein bunt gemischter Anblick.

Nachdem die Freundinnen eine Weile getanzt hatten und bereits von den ersten Interessenten angesprochen wurden, begaben sie sich an eine Bar und bestellten Cocktails.

»Wenn du etwas brauchst, das deine Hemmschwelle sinken lässt, ist Alkohol genau das Richtige«, sagte Rachel und nippte an ihrem Glas.

Sie hatten sich Masken aufgesetzt, die ihre Gesichter nur bis zur Nase verdeckten, sodass sie ungehindert trinken und essen konnten. »Was? Ist das etwa das große Geheimnis deines unerschütterbaren Selbstbewusstseins? Alkohol?«, fragte Emma lachend.

»Und die hier«, sagte Rachel und hielt ihr eine Pille vors Gesicht, die sie aus der Brusttasche ihres hautengen Kleides genommen hatte.

Emma sah sie entgeistert an.
»Du nimmst Drogen?« Rachel machte eine wegwerfende Handbewegung.
»Mach dich nicht lächerlich. Das ist eine Pille, dessen Wirkstoff dich so richtig in Fahrt bringt. Ich nenne es, das weibliche Viagra.« Sie hielt ihr die Pille auffordernd hin und Emma nahm sie.
»Aber es ist keine Droge«, vergewisserte sie sich.
»Ich schwöre es«, sagte Rachel und Emma glaubte ihr. Sie waren seit zehn Jahren befreundet und Rachel hatte sie noch nie angelogen. Emma konnte ihr also vertrauen. Sie prosteten sich zu und bestellten gleich noch eine Runde.
Eine halbe Stunde später war Emma schon leicht angeheitert und allmählich bekam sie die Wirkung der Pille zu spüren.
»Also Süße«, sagte Rachel und gab ihrer Freundin einen Kuss auf die Wange.
»Es gibt hier nur eine Regel und die lautet: Lass dich fallen. Wir sehen uns um zwei am Check-out.«

»Wir trennen uns?«, fragte Emma verwirrt. Rachel lachte.

»Was dachtest du denn? Soll ich dir etwa bei deinen Vergnügungen zusehen?«

Sie ließ Emma allein und verschwand mit einem jungen Mann, der sie an der Hand gepackt hatte und von der Tanzfläche zog. *Okay, bloß keine Panik!*, ermahnte Emma sich und lief zum nächsten Bereich. Eigenartigerweise verspürte sie wirklich keine Angst, bloß ein leichtes Kribbeln im Bauch – musste wohl am Alkohol liegen. Sie kam in einen Gang, der in einem düsteren Rot leuchtete und mit weichem rotem Teppich ausgelegt war.

An jeder Seite reihten sich mehrere Türen, dessen Fassade mit anzüglichen, aber kunstvollen Bildern bemalt war. Kein Zweifel, sie befand sich im Sexbereich!

Eine nackte ältere Frau kam ihr entgegen und zwinkerte ihr zu. Kurz bevor sie Emma erreichte, verschwand sie in einer Tür.

Emma hielt ihr Ohr dagegen und hörte kurz darauf lustvolle und stöhnende Geräusche.

Ein Prickeln breitete sich in ihrem Unterleib aus, als sie sich vorstellte, was dort hinter verschlossener Tür vonstattenging. Sie lief weiter, bog um die Ecke und gelangte in einen breiten viereckigen Gang, auf dessen Seite sich jeweils eine Tür befand. Am Abstand der Türen konnte sie erkennen, dass diese Räume um einiges größer waren als im ersten Gang. Auf einem Schild las sie *Gruppensex*, auf dem anderen *Darkroom*. Sie ging weiter und kam in einen Gang, indem sich Dutzende Frauen drängelten. Sie alle schauten gebannt in einen offenen Raum, doch konnte Emma nicht sagen, was dort vor sich ging, weil ihr die vielen Köpfe die Sicht versperrten.

»Wer möchte als Nächstes auf die Bühne?«, erklang eine männliche Stimme durch ein Mikrofon.

Aufgeregtes Gekreische erklang und Emma sah, wie sich einige Frauen verbissen vordrängelten. Emma wurde neugierig und schob sich an der Schar aufgeregter Damen vorbei. Als sie den Raum betrat, blieb sie überrascht stehen.

Der Raum war von hohen Decken gesäumt und hatte wunderschönen Stuck an den Wänden.

In den Ecken standen weibliche Skulpturen und die Wände waren in einem hellen Creme gestrichen. In der Mitte des kleinen Saals war eine Bühne aufgebaut, auf der sich ein prunkvoller Sessel befand. Hinter dem Sitz waren gläserne Vitrinen aufgebaut, die so stark funkelten, als wären sie stundenlang poliert worden.

Die Vitrinen waren, soweit Emma sehen konnte, mit ein und demselben Parfüm bestückt, welches es in verschiedenen Farben und Größen gab. Das musste die *James Carter Woman Collection* sein. Die hatte sie schon oft in der Werbung gesehen – verdammt teuer das Zeug!

Während sich Emma weiter zur Bühne vorkämpfte, um besser sehen zu können, registrierte sie, wie voll der Raum war.

Die weiblichen Zuschauerinnen drängten aber nicht nur in den Eingang. Sie standen auch vor der Bühne und schubsten und drängelten, was das Zeug hielt, nur um dem Moderator so nahe wie möglich zu sein. Er sah gut aus, hatte rostbraunes ordentlich gestriegeltes Haar und ein junges hübsches Gesicht.

Er pries die neue Parfümserie mit einer Begeisterung an, als würde sein Leben von dem Verkauf abhängen, und das überzeugte Publikum schien es kaum erwarten zu können, Geld dafür auszugeben. Emma hatte es geschafft sich bis zum Podium vorzukämpfen, da erklang ein plötzlicher Trommelwirbel.

»Ladys! Begrüßen Sie unseren heutigen Ehrengast, den unglaublichen … James Carter.« Emma sah überrascht zur Bühne auf und musste sich gleichzeitig die Ohren zuhalten, so laut kreischten die Frauen. Es war, als befände sie sich auf einem Teeniekonzert.

Als James charmant lächelnd die Bühne betrat, musste Emma schlucken.

Nicht nur, dass sie es kaum glauben konnte, ihm jemals persönlich zu begegnen, er sah live sogar noch besser aus als auf den Titelzeitschriften. Er hatte pechschwarzes Haar, das gewollt wirr nach oben gestylt war.

Es war diese typische Männerfrisur, die nur Models tragen konnten, ohne überstylt auszusehen – an ihm sah es fantastisch aus. James war groß und schlank, dennoch zeichneten sich unter seinem weißen Hemd deutlich Muskeln ab.

Er trug eine todschicke und wahrscheinlich ungeheuer teure Designerhose und glänzend schwarze Schuhe.

Sein ganzes Auftreten versprühte Reichtum und Macht. Er stank geradezu danach. Einige Damen streckten die Arme zu ihm rauf, um ihn zu berühren, und die, die er berührte, erlitten beinahe einen Zusammenbruch, so entzückt waren sie. Emma schüttelte den Kopf.

Ja, er sah unverschämt gut aus und ja, jede Frau ließ sich gern von seiner charmanten Art umgarnen, aber mal

***

ehrlich! Sie sprachen hier von James Carter, dem Casanova Nummer eins! Natürlich hatte er nur Spaß im Sinn. Moment mal! War sie nicht genau deswegen hier?

Um Spaß zu haben? Jemand rempelte sie an und Emma stolperte gegen das Podest. Dabei fiel sie so unglücklich, dass sie sich mit dem gesamten Oberkörper darauflegte. Sie wollte sich mit einer schnippischen Bemerkung zu der Missetäterin umdrehen, als die Stimme des Moderators im Mikrofon erklang.

»Na, da ist aber jemand eifrig. So viel Ehrgeiz muss doch belohnt werden.

Komm doch bitte auf die Bühne.« Wer? Sie? Als sie verständnislos zu ihm aufsah und nicht reagierte, packte er sie kurzerhand unter dem Arm und zog sie hinauf.

Dann drehte er die vollkommen verblüffte Emma zu den Zuschauerinnen und gab das Mikro an James weiter. Jetzt, wo sie die Menge im Blick hatte, fiel ihr auf, wie spärlich bekleidet die Frauen waren. Sie hatte schon gedacht, ihr Outfit wäre knapp, doch andere Frauen trugen gerademal genug, um den Schambereich und die Brustwarzen zu bedecken und sonst nichts.

Gut, das hier war auch mitunter ein Swingerclub, da war solch knappe Bekleidung natürlich nicht unüblich. Für James musste es jedenfalls ein Traum sein, hier auf der Bühne zu stehen.

»Und wen darf ich meinen Gästen vorstellen?«, fragte dieser und trat neben sie.

Als Emma zu ihm aufsah, registrierte sie ein leichtes Schwindelgefühl im Kopf und fragte sich, ob es an James Wirkung oder am Alkohol lag.

»Emma ... ich meine Jessica«, korrigierte sie. *Konzentrier dich Emma! Oder willst du ihnen auch gleich noch deinen Nachnamen verraten?*, schalt sie sich in Gedanken. James sah belustigt zu ihr herunter und sein Lächeln traf sie wie ein Schlag. Sie konnte sich nicht vorstellen, dass es auch nur eine Frau auf der Welt gab, die sich nicht davon verzaubern ließ.

»Jetzt bin ich verwirrt. Wie heißen Sie nun?

Emma oder Jessica?«

»Jessica, mein Name ist Jessica«, sprach Emma ins Mikrofon und zupfte ihre Maske zurecht. Sie wollte um jeden Preis unerkannt bleiben und die Bühne am besten so schnell wie möglich verlassen.

»Nun, Jessica.«

Er nahm ihre Hand und führte sie an seinen Mund. Als seine weichen Lippen sie berührten, konnte Emma ein Schaudern nicht unterdrücken. Und vielleicht kam es ihr nur so vor, aber der Kuss schien feuchter auszufallen, als üblich war. James lächelte verschmitzt, als sei er sich seiner Wirkung bewusst und führte sie zum Sessel.

Emma nahm Platz und beobachtete, wie er zu den Vitrinen ging und ein rosa Fläschchen herausnahm. Emma atmete tief durch und wischte sich den Schweiß von der Stirn. Etwas stimmte nicht mit ihr, sie fühlte sich so eigenartig.

Als James wiederkam, hielt er das rosa Fläschchen in die Höhe, sodass es für die Gäste gut sichtbar war. Oh's und Ah's erklangen und die Damen drängten noch weiter an die Bühne.

»Mein treuer Assistent hat Ihnen meine Kollektion bereits vorgestellt, nun sollen Sie sich aber auch selbst von dem berauschenden Duft verführen lassen. Unsere Jessica wird die Ehre haben, mein Parfüm als Erste zu testen.«

Daraufhin erklang weniger begeisterter Applaus und in einigen Gesichtern sah Emma den puren Neid stehen. Herrgott! James öffnete das Fläschchen, trat an ihre

Seite und sprühte etwas auf ihren Hals und Dekolleté.

Emma musste zugeben, dass das Parfüm wirklich wunderbar roch. Sie schloss die Augen und sog den Duft ein, dann registrierte sie ein leichtes Kitzeln am Hals. Erschrocken öffnete sie die Augen und bemerkte, dass James seine Nase an ihren Hals gelegt hatte und tief einatmete.

»Hmmm«, machte er und seine tiefe Stimme, so dicht an ihrem Ohr, brachte Emma zum Schaudern.

Ein wohliges Prickeln breitete sich in ihr aus und sie konnte nur mit Mühe einen lustvollen Laut unterdrücken. War das etwa die Wirkung der Pille, die nun einsetzte?

»Spiel mit«, raunte er ihr zu und zog sie von dem Sessel hoch.

Emma war überrascht, aber auch dankbar, dass er ihr aufhalf. Sie hatte das Gefühl, dass ihre Knie jeden Moment nachgaben, konnte aber nicht sagen, ob es an seiner Berührung oder dem Schwindel lag.

»Schließ die Augen«, sagte er und legte ihren Kopf nach hinten. Emma wusste nicht, ob das so eine gute Idee war, gehorchte aber.

Immerhin war es seine Show und die wollte sie nicht ruinieren, indem sie sich sträubte. Außerdem handelte es sich hier nicht um irgendeinen Mann, sondern um James Carter persönlich! Sie würde wahrscheinlich noch wochenlang von seinen Berührungen träumen.

Er stellte sich hinter sie und fuhr mit einer sanften Bewegung seiner Hand durch ihr Haar.

Emma schlug die Augen auf und wollte sich ihm zuwenden, doch die andere Hand legte er um ihre Taille, sodass sie sich nicht umdrehen konnte.

»Spiel mit«, sagte er noch einmal und seine Hand fuhr unablässig weiter durch ihr Haar. Er drehte ihren Kopf zur Seite und legte ihre Haare nach hinten, sodass ihr Hals entblößt war.

Emma fiel auf, dass es außerordentlich still im Saal geworden war.

»Sehen Sie, wie berauschend das Parfüm ist?«, erklang die Stimme des Moderators durch das Mikrofon.

»Lassen auch Sie sich von Carters Düften verführen.«

Als aufgeregtes Kreischen erklang, linste Emma durch halb geöffnete Augen und sah, wie der Moderator mehrere Fläschchen in die Menge warf. Währenddessen ging James Hand zielstrebig ihren Bauch hinab und unter ihr Kleid, bis er ihr Höschen berührte. Emma wollte ihm Einhalt gebieten, wollte ihn zurückweisen, doch seine sanften Berührungen lähmten sie.

Es war ihr egal, dass sie Dutzende Zuschauer hatten, es war ihr egal, wie frivol ihr Verhalten war. Sie wollte einfach nur berührt werden und alles um sich herum vergessen.

Sein Mund wanderte ihren Hals entlang und bedeckte sie mit hauchzarten Küssen.

Emma biss sich auf die Unterlippe und schmiegte sich an seinen Körper. Daraufhin ließ er ein tiefes Seufzen hören und seine Finger glitten zwischen ihre Beine.

Als er sie dort berührte, musste Emma so laut keuchen, dass sie aus ihrer Fantasie gerissen wurde.

Sie schlug die Augen auf und starrte in die Augen der Zuschauer.

Der gesamte Saal war still und die Augen der Frauen neugierig auf sie gerichtet.

Emma war, als erwachte sie aus einem tiefen Traum.

Hatte sie sich das gerade eingebildet? Sie schaute an sich herab und sah, dass James Hand immer noch auf ihrem Bauch lag, jedoch nicht tiefer gewandert war.

Und auch sein Mund berührte ihren Hals nicht. Sie musste wirklich fantasiert haben. Wie peinlich!

»Entschuldigen Sie«, murmelte Emma und befreite sich aus seinem Griff.

Sie sah noch, wie er ihr ein verschmitztes Lächeln zuwarf und kletterte von der Bühne.

Was hatte ihr Rachel da bloß gegeben?

Emma drängte sich zwischen die Zuschauerinnen und lief Richtung Tür. »Wer möchte die Nächste sein? Wer möchte sich ebenfalls von Mr. Carters Düften berauschen lassen?«, erklang die Stimme des Moderators.

An der Tür angekommen, drehte sich Emma noch einmal um.

James Blick war immer noch auf sie gerichtet und etwas an seinem Blick war anders, als hätte sie sein Interesse geweckt. Gott, sie musste hier weg, bevor sie noch auf dumme Gedanken kam.

3527506R00190

Printed in Germany
by Amazon Distribution
GmbH, Leipzig